# 歴史というもの

井上靖
Yasushi Inoue

中央公論新社

# 歴史というもの　目次

# 歴史というもの

# 歴史に学ぶ

井上 靖

日本歴史を振り返ってみて、私が一番好きな時代は、大化改新から奈良朝初期にかけての百年ほどの間である。大化改新、半島出兵、壬申の乱、――日本古代史を形成する大事件が次々に生起している時代であり、また一方で飛鳥から難波《なにわ》へ、難波から飛鳥へ、飛鳥から近江へ、近江からまた飛鳥へ、更に飛鳥から奈良へと都を遷《うつ》し、慌ただしく次々に皇極、孝徳、斉明、天智、弘文、天武、持統といった天子たちが立った時代であるが、この百年ほどの間は、国全体が内部から突き上げて来るエネルギーによって、絶えず大きく揺れに揺れている時代である。

大化改新を出発点として新しい国造りへの希望に溢れた時代でもあるが、その半面、国外的には半島における敗戦の苦い経験も味わわねばならなかったし、国内的には壬申の乱に依って、国は二つに割れて相争わなければならなかったのである。

この時代は古代国家の成立期であり、日本という国がどのような国に固まるか、まだよく見通しのつかぬ青春の時期である。どの方向に流れるか判らない溢れたぎるエネルギーが渦巻き、ぶつかり合っている。骨肉相食《あいは》む悲劇も次々に起こっている。暗殺と策謀の時代でもある。有間皇子、大津皇子、いずれも聡明な皇子であったが、政治の犠牲になって、共に刑に処せられて一命を落としている。

叛乱もいつ起こっても不思議でない時代である。大化改新後の新体制に反抗する旧勢力も、地方豪族として各地に蟠踞《ばんきょ》しているし、度々の遷都、王宮の営造などのための賦役に対して、民衆の間には怨嗟《えんさ》の声が起こっている。また以上述べたことの他に、国はいろいろの問題を抱えている。未征服民族の蝦夷も撃たなければならないし、沿海地方には異民族粛慎《みしはせ》の侵略もあり、それに対する征討軍も派遣しなければならない。

このひどく慌ただしい、あらゆるものが渦巻いている混沌とした一時期は、日本歴史の上で特殊な時代と言う他ない。と言うのは、この時代を通過することによって律令国家としての日本は形成されて行くからである。そしてこの時代を血まみれになってリードして行ったのは、天智、天武、持統といった、いろいろな批判はあっても、その本質に於て、政治家として英邁《えいまい》であったという他ない天子たちであり、そしてそれを取り巻いていた優秀な推進者たちである。天智天皇を補佐した藤原鎌足などは、その優秀な推進者の代表である。

この天智、天武、持統期における為政者《いせいしゃ》たちの最も恵まれていたところは、彼等が政治に理想とする形を持っていたということであろう。今の言葉で言えば政治にビジョンがあったということになる。これはこの時期の為政者たちの恵まれていたところでもあり、同時にまたそういう役割を自覚していたということに於て、やはり優れていたと言わなければならないだろう。歴史的使命を負わされての歴史への登場であると言ってしまえば、それまでであるが、ともかく、あらゆる混沌としたエネルギーの渦巻いている中に於て、己が歴史的役割を遂行し、次に、次代へと政治的バトンを渡して行ったところは、なかなか鮮やかでもあり、みごとである。そして、それは当然ドラマチックな形で為されている。劇的でない歴史の転換も、大きい歴史の形成もあり得ないからである。天智、天武、持統といった天子たちは、いずれも歴史のドラマの主役である。骨肉相食む悲劇の主人公たちでもあり、宮廷を舞台にした恋愛劇の主人公たちでもある。そして、そうしたドラマの主人公の役割を演じながら、片方で海の向こうの大陸の先進国の動きに無関心ではいられず、それに対処しながら、相手から摂取すべきものは摂取するという為政者としての歴史的役割は自覚していたのである。

遣唐船という名で呼ばれ、何年、あるいは何十年置きに、人をこぼれる程満載して、難波や筑紫の港から出て行った大型帆船は、さしずめこの時代の象徴と言っていいものであろう。

遣唐使船派遣は、大陸の先進国に対するその時期、時期における政治的な措置でもあり、布石でもあるが、それに竝《なら》んで、と言うより、それよりもっと大きい目的は、大陸からの学術、文化の移入であった。政治、学問、宗教、芸術、広い意味での学術文化全般に亘って、先進国から優れたものを取り入れる以外、新しい国家の建設はあり得なかったのである。

当時、遣唐使船派遣ということは、国の人材を集めて、これを大陸に送り込む国家的大事業であったのである。遣唐大使、副使、その他の官吏のほかに、多勢の留学生、留学僧たちが、遣唐使船に乗り込んでいる。何年か、何十年になるか判らない長期留学が留学生、留学僧たちには課せられている。

日本と大陸の間には、当時の感覚で言えば渺漫《びょうまん》たる大海原が拡がっている。そこを航海して、大陸に漂着し、その上で都長安を目指す。そして何年か、何十年か修業し、身に着け得る限りのものを身に着け、その上でまた渺漫たる大海原を渡って、日本に帰り着かねばならなかったのである。

大陸への留学生の派遣は七世紀初頭から始まっている。遣隋留学生として四回、もっと数多く派せられているかも判らないが、記録に明らかにされているものは四回である。

そして、それに続いて遣唐使船派遣の時代が始まる。舒明二年（六三〇）を皮切りに、以後二百六十年ほどの間に、十数回にわたって、遣唐使船は難波の港や、筑紫の港から発航して行っている。多くの場合、二隻、あるいは四隻で編成され、多い時は乗員として、六百人近い人間が配されている。二隻、あるいは四隻という編成が、難船に備えての処置であることは言うまでもあるまい。

編成はされたが、季節風を得ないで中止している場合もあるし、幸い便風《びんぷう》を得て船出しても、たちまちにして遭難している場合もある。遭難は往路にも起こり、帰路にも起こる。正確な記録がないので判らないが、全員無事で帰着している場合は、極めて少ないのではないかと見られている。いかなる資格、身分の者が遣唐使船の乗員に選ばれていたか、このこともはっきりしていないが、任命されたとなると、生命をかけた冒険にのり出すことになる。

任命された大使は乗員の選考、編成を終わり、あらゆる準備を完了した上で、拝朝して節刀を受ける。節刀は帰国後返還するものだが、これを受けると、日和さえよければ待ったなしで解纜《かいらん》しなければならぬ立場に置かれることになる。

万葉集巻九に、遣唐船に一人子を送り込んだ母親の歌が載っている。

旅人の宿りせむ野に霜ふらば吾が子羽ぐくめ天の鶴群《たづむら》

わが子の異国の旅における平安を、鶴の群れに託さずにはいられなかったのである。

このようにして、吉備真備も、橘逸勢《はやなり》も大陸に渡り、帰国して、文化面に貢献したのであり、中には阿倍仲麻呂のように唐朝に仕えて、高官になり、唐土に歿したような者も居る。僧侶では最澄、空海、円仁、みな遣唐留学僧として唐土に渡った人たちである。こうした人たちが日本文化にいかに大きいものを加えたか、改めてここに記す必要はあるまい。唐招提寺の開基である唐僧鑑真が、日本の留学生たちの乞いに依って、渡日を決意し、あらゆる苦難の果てに日本に渡って来たことは、余りに有名である。

遣唐使船派遣の一事から考えても、飛鳥時代から奈良時代にかけては、国全体がエネルギーに溢れ、進取的な意欲が漲《みなぎ》っていた時代と言っていいだろう。もしそういう時代でなければ、為政者もこうした企画を遂行することはなかったであろうし、それに応ずる者もなかったであろう。

こうした時期のあと、大陸から入って来た異国文化に対する反動時代がやって来るが、反動時代が来ないではいられないほど、学問、芸術のあらゆる面にわたって遣唐使船は大陸から大きく貴重なものをたくさん運び込んでいたのである。

今日、日本という国はエネルギーが溢れていると言われている。外国からもそう見られ、日本人自身、そう感じ、そう信じているようなところがある。おそらくそういう国の現状なのであろう。そうした今日の日本に於て、一番重要な問題は、その奔騰するエネルギーをどこへ持って行くかということであろう。

今日の日本の政治家に望みたいことは、最も簡単な言い方で言えば、現下の奔騰するエネルギーに一つの方向を与えて貰いたいことである。たいへん難しいことに違いないが、少なくともそれを意図して貰いたいと思う。波立ち、騒ぎ、ぶつかり合っているエネルギーをどこへ導くかということである。歴史的に見ていかなる国の発展も、躍進も、エネルギーの溢れている時代に為されている。

日本は今、国として大きく飛躍できる資格と条件を具えていると言えるかも知れない。一番望ましいことは、他の言い方で言えば、政治家にビジョンを持って貰いたいということになる。いかなるビジョンか、それはこの国を任せられている政治家の受け持つべきことであると言う以外仕方ない。が、最後に、一人の作家として、私自身の希望を言わせて貰えば、本当の意味での近代的文化国家の建設である。文化国家という名に値するためには、実にたくさんのことが、各方面にわたって、まだまだ為されていないと思うからである。

（一九七六年一月）

# 乱世のさまざまな武将

座談会

松本清張
司馬遼太郎
井上　靖

**司馬**　松本先生とは初対面じゃないようですけれども、ほんとうは今日が初めてですね。

**松本**　そうですね。

**井上**　そうですか。それは記念すべき……。

**司馬**　ところで今日のテーマの戦国時代というのは、たいへん近い時代の感じがしますね。たとえば幕末維新というと、どうしたってイデオロギーの世界ですから、それが滅びますと、非常に遠い感じですけれども、戦国時代というと、なんだか昨日のような感じがしますね。

**井上**　かえって近い感じがしますね。

**司馬**　そこに出てくる人たちも、隣のおやじさんのようななまの感じがしますね。

## 時代の推移が人材を選択する

**松本**　ぼくは最近、大久保彦左衛門忠教《ただたか》の『三河物語』というのを、読み返してみたんですがね、七、八年前にこれをもとに小説を書いたことがあるんです(1)。二代将軍秀忠のころになると、彦左衛門なんかは老残の無用の長物でのけ者にされるわけですね。それで、自分の先祖一家眷族《けんぞく》はこんなに働いてきたのに、待遇が悪い、という恨みつらみが『三河物語』の紙背に出てるわけです。不公平な待遇に対する不満がずいぶん出てるんですね。戦国時代というのは、そういう制度に煩わされない、〝裸の時代〟です。

**井上**　そうですね。やっぱり一つの時代の役割を果たすと、その次には、まったく違った型のものが必ず要求されて、整理されていくわけですね。

**松本**　彦左衛門などは不要になった。
**井上**　不公平になっていきますね。
**司馬**　特に、三河の松平家の主従というのは、いなかの庄屋の主人と下男、旦那と下男の感じで、あの感じというのは、ひどく中世的ですね、隣の尾張の先進性とくらべれば。とにかく三河での家康の主従のもっている〝におい〟は中世人のもつ美しい面であるといえますね。なにしろ隣の尾張は平野で、交通が四通発達し、商業がさかんで、上から下まで商人の感覚があって、三河とまったく違う人間ですし、信長とか秀吉は機略縦横というよりも、商人の感覚でしょうね。家康というと、百姓のにおいですね。ですから、尾張と三河というのは発想も違い、社会の形態や構造までも違ってるんじゃないかと思いますね。
三河にはまだ中世が残っていて、尾張にはまったく近世が始まっているという感じです。尾張の場合は槍一すじで出て来たやつも大きくとりたてられる可能性がありますけれど、おなじいまの愛知県でも三河の場合は、一松平家程度の土豪のうちでも、それが成長していく関係で、たとえば信州飯田から来た井伊というようないい家柄の者が、わりによく扱われたり、中世期の名字が名家なりに優遇されていく。それが江戸時代になると、大名になっていく。ところが大久保家というのは、名字というのではありません。家付きの郎党の家ですね、そういう連中が冷やめしを食う。ところが尾張の感覚でいくと、まるで事情が違う才能主義ですね。したがって織田家は非常に才能主義ですから、みんな才能をきそい合い、また、戦場の功名もきそい合うわけですが、信長が天下をなかばとって、ポックリ死にますと、あとはもう我勝ちの天下争いになるわけです。つまり、織田家の窮乏などというものには思いを寄せないわけですけれども、三河にはお家の大事ということがあります。なんとなく徳川家というものを大事にします。

**井上**　おもしろいですね。

**松本**　それは三河といっても、山の中だし、まだ世に出ない松平家主従の間は、いなかの庄屋の下男とおやじさんといった感じです。で、三河譜代といっても、安祥《あんじょう》譜代、岡崎譜代、浜松譜代というように新旧の段階があるわけです。古い家来ほど、親しいがそれほど優遇してない。いま井伊の話が出たけれども、武田信玄の遺臣など、そういう新しい武力や、新しい頭脳は優遇する。しかし、いわゆる旗本のように、兵士的な連中は、世の中がだんだん平和になっていくと、冷やめしを食わされるわけですね。

**井上** これはいつの時代でもあるわけです。幕末から明治へ移ったときもそうですね。

私は、三河的というと、ほんとうの戦国争覇のまっただ中へはいってきて、争覇線上から次々脱落して滅びて消えて行き、少数になって戦うようになるけれども、その前の段階に、おもしろい、書きたいものがたくさんあると思いますね。いわゆる英雄でなくて、まだ中世のいいところを持った豪族で、武士道といえるかどうかわかりませんけれども、自分の信念で死んだり、生きたり、家を滅ぼしたりする連中がいっぱいいますね。

**松本** そのころの主従関係は、のちに考えるほどのやかましい秩序はなく、友達みたいなものですね。そもそもは、ある豪族が「どこどこと戦争するから、おまえ、加勢に来てくれ」というと、「じゃ、いくら出すんだ」という、契約関係ですね。その契約関係がだんだん君臣制度になってくる。

## 戦国争覇は実力の時代

**井上** 戦国争覇になりますと、たしかにだれが偉いとか、信長よりも秀吉が好きだとかいいますけれども、その時代の人間は自分の果たさなければならない役割みたいなものが、結果から見ればあるわけで、その役割をそれぞれ果たして、最後に家康に行ってるわけですね。これは秀吉や家康が好きだといっても、いやな面があるし、一概にいいにくいものがありますね。

**司馬** 信長、秀吉、家康といったところは、それぞれある時期において自分が歴史を担っているという意識をもつようになる。政治家なんですね。すぐれた政治家というものには、〝歴史的自然力〟というものを感じますね。

**井上** そうそう。

**司馬** ですけど、そうでない連中も、上杉謙信、武田信玄となると、歴史的自然というよりも自分個人を信じているような姿がありますね。

**井上**　あります。

**司馬**　そうなると、ちょっとおもしろい何かを感じられますね。

**松本**　戦闘に際しての主従の契約的なものというのは、たとえば、いま運転手がすこし足りないと、どこかから日雇い運転手がくるでしょう。ああいうふうに集めて、やってたと思うんです。そういう先祖の手柄で子孫に禄が支給される。

江戸時代になって平和になると、戦闘がないわけです。しかし各藩は、戦闘体制の単位ですから、定員は維持していなければならない。戦争がなくてもクビを切るわけにいかない、給料を下げるわけにもいかない。しかも平時の役目は、たとえばお廊下番だとか、お納戸役だとか、女の子にもできそうなことです。それで高禄を貰う。そうなると、忠義という観念が強くなる。けれども、そういう時代の忠義の観念で戦国時代を規定すると、解釈が違ってくる。

**司馬**　そうですね、忠義の観念はありませんね。忠義が論議として確立した、江戸時代の目で戦国期はみられない。戦国期は自分によくしてくれるから、それだけ働くという契約……。それで大将というのは、そういうグループに押し立てられている盟主ですね。

**松本**　たとえば合戦になって、うしろに旗差物《はたさしもの》をさして行く。あれなんかは、武勇を敵方に誇示するといううんじゃなく、うしろのほうにいる、軍目付《いくさめつけ》なり、記録係などに働きをわからせるために「おれはこれだけ働くんだから、目印がきまってるから、よく見て書きとめておけ」ということなんです。それでボーナスを上げろ、あるいはサラリーのベースアップをしろとかいうような意味の旗印だったんですね。だから戦国時代はやはり契約関係が観念の根底にある。

**司馬**　松本さんとちょっと違う話をするんですが、これは旗印だけに限った話ですが、あれはいなかのほうでは、同時代でもやっぱり小さいですね。腰にさしている小旗ですね。

**井上**　おもしろい。小旗ですか。

**司馬**　ええ、たとえば土佐のいなかですけれども、長宗我部が中央勢力と対決することになったときに、「降服したほうがいいんじゃないか」と、長宗我部元親に家来がいうんです。その家来は上方《かみがた》を知ってて、その話をするんですが、道具立てが違うんだと。大きな旗物を一人ひとりがさしているんだ、土佐の場合は小旗を、手拭いのような物をさしてるだけじゃないか、それは戦死したときの名前のしるしだけだ……。

**井上**　認識票……。

**司馬**　ええ、認識票程度のものだから、まったく違うんだ、という話をするんです。これは別のものによると、真偽さだかでないけれども、織田信長が発明したというんですが、そうじゃなくて、尾張的な商人意識がそういうことをさせた。きらびやかな自分というものをより大きく、功績を印象づけるために織田軍団が始めて、それにすぐ影響されて、他がまねしたんじゃないかと思うんですけれども……。

**松本**　もう一つは鉄砲の伝来の影響です。それまでの甲冑は源平時代のようなきらびやかなものだったが、鉄砲がはいってくると、兜はドイツのヘルメットみたいになるし、胴は南蛮鉄という具合に、要するにまっ黒くなる。だれがだれかわからない。そういうのを区別し、うしろのほうでそれを見ておく必要のために作ったんじゃないか。たとえば秀吉が岐阜城攻めで一番乗りをしたとき、そのへんにあったヒョウタンを、竹か棒の先につけて天守の窓から味方に向けて振るでしょう。

**司馬**　それは、自己顕示の非常におもしろい方法です。

だれが当時いった言葉かわかりませんけれども、とにかく戦国の中期ころまでは、「七たび浪人しなければ、一人前の侍じゃない」という、これは技能主義に徹底した考えですね。ですから、七たび浪人してきた者なら使えるだろうと……。

**松本**　それはわかるね。

**司馬**　それは三河かたぎと非常に違うんです。家康が天下をとったから、結果論としてそんなことをいうのか、わたし自身そう思うのかわかりませんが、大久保彦左衛門のさっきの鬱屈ということもありますが、そのことは別として、相当の人間がいるわりにはかれら三河の家中からスターというものが作りだされていない。たとえば榊原康政とか本多平八郎とか相当な連中がおるわけですけれども、織田家のような、また他の国のような、有名な豪傑としてスタートをして世間に印象づけるというかたちを草創期の徳川家はとっていない。たとえば、後藤又兵衛とか、塙《はなわ》団右衛門というような個人の名前を背負っているやつ、そういう自己顕示のしかたを三河はしなくて、なんとなく自分のシステムのために働くという気風がありますね。それは家康の強味で、そういう質朴で没我な気風が徳川家というものを他に怖れさせたんじゃないか。つまり、織田信長は非常に遠慮してますし、秀吉はのちに家康の軍団というものを怖れている。それは、そういうような連中の集まりだということについての畏怖感でしょうね。

**松本**　非常に苦労してるから、農民的なんですね。

**司馬**　農民的ですね。

**松本**　現代史でいえば、松平家は政権を取る前の中共的ですね。あとからだんだんに近代装備を持った。奥三河にいたころは、新知識の空気にも遠いしね。おカネもない。どうしても農民的なものから抜け切れなかった。

たとえばよく出てくる鳥居元忠のおじいさんは家康が人質から帰って来たときに、カネを勘定して見せたという話があるけれども、そんなふうに、金銭にも農民的なものが出ている。そういう鈍重さと、しぶとさとがあった。

**井上** 確かに、スターシステムではなくなってきますね。ほかの連中が見たらなにか怖いもんがあったでしょうね。武田信玄のときは、まだスターシステムですね。武田の二十四将とか。

**司馬** まだスターシステムの感じですね。

**井上** そうでなくなったところが徳川の怖いところでしょう。

## 信玄、家康の名家好み

**司馬** それから家康という人は、武田信玄という人を、ほんとに神のように尊敬してるというのが、非常におもしろいですね。自分の敵で、あやうく自分も殺されそうになったのに、あの尊敬のしかたというのは、異様な感じですね。

**松本**　家康は信玄の民政方面のいいところを採っているとか、軍政方面は源頼朝が手本。それから死ぬまで勉強している。鉄砲なんかを稲富直家《いなとみなおいえ》に習っている。貪欲に好奇心を持っていた。

**井上**　そうですね。

**司馬**　そのくせ、かれが死ぬときの遺言に近い言葉ですけれども、「自分が死んだあとの行政体制は三河のころのとおりにせよ」といった。つまり、番頭役が老中で、その下に草深い若年寄がおって、というような制度が、三河のころの松平家の制度なんですね。「そのとおりにせよ」と。

それからその前に秀吉の体制の中へはいっていって、かれが、隷属する場合でも、秀吉のやる、あの華麗な、つまり政治というものから非常に逃げようとしている。たとえば羽織を貰うと、羽織を直してしまって着ないとか、そういうきれいな物を身につけず、地味なものを身につけるという意識を持っていて、筋が通っている。三河の農民かたぎというものを貫いてるんだと思うんです。

それからもう一つは、武田信玄への憧れは、武田信玄の持っている武将としてのすぐれた点への尊敬もあるでしょうし、あるいは、さっき松本さんがおっしゃった民政能力というものへの尊敬もあるでしょう。しかし、なんといっても、家康の名家好みがありますからね。名家好みは中世の特徴ですから……。武田家は戦国切っての名家ですから、そういうものへの憧れがあって、それも最後まで一つ筋が通っている感じですね。

あとになって、足利家の支族だという喜連川《きつれがわ》の足利家を大名格の旗本にしたり、それから新田義貞の子孫だと称している土豪劣紳《れっしん》の徒を旗本にしたりしてますから、非常に名家意識というものが強い。それは憧れというよりも、中世のあの権威を非常に好きだった感じが、家康にはあります。

**井上**　家康が生まれたころの武田家はたいへんなものだったでしょうからね。武田と徳川の関係は、それぞれ時代の役割で、片方は滅び、片方は滅ぼしたようなもので、つまり仇敵の関係はないんですね、おそらく。

**司馬**　そうですね。そのころの守護職の家、たとえば武田家ですけれども、それは国人《こくじん》にとっては、もう神様でしょう。たとえば小天皇なんです。それが隣国の三河に響いていたわけで、武田というのは偉いという、一種の神聖観を持ったんでしょうね。この気分は出来星《できぼし》大名の国の者——たとえば織田家などにはない。

**井上**　そうでしょう。

**松本**　いま、司馬さんが名家意識とおっしゃったけれども、かれは決して京都へ行かなかったんですね。

**井上**　あれは偉いですね。

**松本**　あれは頼朝のまねですね。頼朝は鎌倉から絶対に京都に出なかったから。どこの武将でも、まず京都へ行く。信玄でもそうでしょう。三方ヶ原を通って京にはいり、天皇からお墨付きを貰っている。そういう憧れが、みんなにあるんです。

**司馬**　それには、わたしはちょっと異論があるんです。

**松本**　いや、だから、そういうような気風の中で、家康が天下を統一しても江戸から動かなかった。むしろ京から人を呼びましたね。京の女中を呼んだり。公卿に同化されないように気をつけたということですね。ああいう宮廷生活に同化されないように気をつけたことは、頼朝の影響が非常にあったと思う。

## 戦国武将のものの見方

**司馬**　その点は賛成なんですが、史実を調べると、武田信玄が京都へ行くというのは、〝天皇を擁して〟という意識はないですね、やっぱり足利将軍ですね。天皇を重んじましたのは、織田信長でしょう。

織田信長とその後継者の秀吉がやってみせた天才的なあり方だと思います。特に秀吉の場合は、かれが公卿にならない限り、武将を統一できないですもの。

**松本**　そうか、信玄は足利義昭に呼ばれて出かけたんだったな。

**司馬**　だから、やはり足利義昭のほうが偉い。戦国時代は、その武将として天皇を擁して天下をとる方法があるということは、夢にも思っていなくて、最初にこれに気づいたのは信長の天才的な発見だと思うんです。

**松本**　しかし信長も途中までは義昭を利用してるからね。

**司馬**　ええ、途中までは武田信玄とおなじに義昭のほうへ行ったんです。そしてこれを利用していたけれども、義昭が思うようにならないもんで、これにかわる権威は何だろうと考えて、それは天皇だと気づいた。

**松本**　たまたま、義昭が謀略好みの将軍で、絶えずそういう諸国の武将の野心を利用して綱渡りみたいな芸当をしていた。足利将軍の権威を回復しようとしたが小細工が多すぎて、結局また信長にやられた。おとなしくしていたら、将軍職にとどまっていられた。

**井上**　なるほど。

**松本**　結局、実力は信長のものだけれども、義昭というのは、たいへんおもしろい男だと思う。人間的にはずるいところもあるが、謀略をめぐらすほかはない。謀略が義昭の武器だった。彼の場合には、そうでもしなければ生きられなかった。

**井上**　戦国時代の前まで、源平時代はもちろんそうですけれども、天皇制を無視しては何事もできなかった。戦国時代には、それはうすれている。

**司馬**　うすれてますね。「天皇制」とかいうモダーンな言葉を、もし戦国人が聞いたら、腰を抜かすと思うんです。

**井上**　そこが戦国武将の違うところでしょうね。

**司馬**　違うところでしょうね。そこに秀吉が早くから気づく。かれは関白になって、位階勲等で威厳をもち、正三位とか順番でもって公卿的な位階で統禦《とうぎょ》しないと、かれの権威が成立しません。おれはより天皇に近いんだということで統禦しなければならなかった。だから、天皇は偉くなければならない。秀吉としては非常におもしろいと思いますが、それを家康は批判的に眺めておったと思いますね。秀吉の天皇への接近は、日本歴史の中の特例ですね。

**松本**　みんな、それを考えたんだろうけど、なぜそういう接し方をしなければならなかったのかね。

**司馬**　それがぼくは秀吉の考えのおもしろさだと思いますが、よく考えてみると、北は津軽から南は種子島に至るまで、自称、公称の別はあっても、土豪劣紳どもは、ナンとかの守《かみ》を称してるでしょう。自分の祖先は源氏とか平とかいって、どの程度、天皇に近いか、天皇という一つの存在でなくって、どの程度、純粋血脈に近いかという、血脈の純粋さを誇示するわけでしょう。土豪は、インチキだけれども、誇示する。そういう習慣がずっとあったんです。その基盤の上に、秀吉がポンと乗っかったというところのおもしろさだと思うんです。

## 望まれる真の理解

**松本**　それでだいたいわかるけど、もっと単純にいえば、戦国時代の下克上——いっさいの秩序を認めないときに、強いやつが国王になるという事態にどうしてならなかったか、ということですね。

**司馬**　それは、松本さんが、明治政府のつくった歴史に影響されているんですよ。

とにかく天皇は別で違う存在なんです。ですから自分が天皇になろうというのなんて、それは考えもしないことですよ。日本の天皇はいわば本質的に天皇であって、中国やヨーロッパの帝王とはまるで違う存在なんです。ですから自分が天皇になろうというのなんて、それは意味のないことですよ。

**松本** 国王となると名実ともに日本の統治者になれるのに。天子の代わりに、自分こそ名実ともに統治者になろうと野望を持つ者が、どうして現れなかったのかと思う。南北朝時代から戦国時代まではどのくらい経ってるのですか。

**司馬** いわゆる戦国時代のころまで百年経ってますね。

**松本** 南北朝時代でも両朝を利用しようとする武家以外の庶民には関心がなかった。まして、それから百年経って、文字も知らない戦国時代の庶民が、皇室尊崇ということを、尊崇とまでいかなくともはっきり意識してたか、ということですね。

**司馬** 意識としては、あるいは衰えているけれども、なんとなく、あったでしょう。たとえば足利義満は太上天皇になってるんです。(2) それでもだれも褒めないんです。感心もしないんです。なぜかというと、太上天皇になっても、国王じゃないんです。シナやヨーロッパ的な国王じゃないんですもの。天皇が国王であるという観念は、ある時代がつくった観念であって……、もちろん王朝時代は別ですよ。私も美智子妃には親しみをもっています。婦人雑誌などを見ていても、やはり国民が敬愛の念をもって天皇家をみていることは十分感じられます。

しかし、歴史的にみてその立場をほんとうによく理解している人は少ないのではないかと思うのです。私は、歴史の上での天皇家というものをみなければならないと思うのです。それがないと、ゆがめられた天皇家ができてしまうことをおそれるのです。たとえば武田信玄の映像の中には天皇は国王として映ってなかったと思うんです。位階勲等を出す方としては映ってます。信玄は大僧正になってます。彼は中世的教養人で名家の人ですから、大僧正ということが好きなんです。それを天皇が出すんですから、その意味では天皇という意識はありますけれども、しかし国家の権力者、もしくは以前、権力者であった人としてはみてない。武田信玄にとって、いちばん偉い人は、衰えたりといえど、やはり足利将軍家だったと思います。

**松本** そこのところはもうすこし考えなくちゃいけないけれども、シャーマンからの見方はおもしろい。

**井上** ただ、そういうものは外国の歴史には、ちょっとないですね。中国の歴史でも、たしかに権力者の血筋というものを、無視はしてないんですが。

**司馬** そうですね。それはわれわれ日本人でも、よくわからないところだと思います。

## 家康が歴史を書き直す

**司馬** 秀吉はまれに見る好色家だと思うんですよ。よくいわれているように、自分より階級の上の人、そういう出の女性と関係を、交渉を持ちたかったということはたしかなんですが、公卿とか内親王とかには、なんの食指も動いていない。織田家の女性、そうでなければ、若狭の武田家の女性、そういう武家貴族の女性が、かれにとっては貴族の女性の感じがして、公卿の娘とか内親王は貴族の女性という、あの震えるような感じがなくて、なんとなく上でない感じを持っていたわけでしょうね。

あの秀吉すら、貴族という感じを持つのは、武家の中世的貴族に対してで、公卿には持たなかった。公卿には実力がないから、ボロクソに扱ったんじゃなくって、なんとなく違う種族なんですよ、権力とか偉さと関係のない……。

**井上**　秀吉は自分の部下でも信用できない。有力な武将の、たとえば前田とか蒲生とかの娘、あるいはそれに近い関係の女を持ってきて、自分の後宮へ入れてますね。つまり、ぼくは、みごとな取り引きだと思いますね。そして、たしかに身分のいいものに憧れたという心理もあるに違いないんですけれど、公卿の娘というものが、あのころの戦国の武将には魅力がなかったというのは……。

**司馬**　利用価値がなかったから。

**井上**　おそらくそうだったと思います。だから、きれいな女であろうと、きれいでなかろうと、秀吉のあの妻妾の中の何人かは、そういうものじゃない選び方をしていると思いますね。
**司馬**　非常に政治的な、政略的な選び方がはいっていますでしょうね。
**井上**　それからぼくは、家康が天下をとってしまったときに、歴史は書き直されているんじゃないかと思いますが、そういうことはないんですか。家康に不利なものは書いてないし、かれ自身も書かせない……。もしも戦国時代の歴史が曲って記録されたとすれば、あの時代じゃないか。
**司馬**　ずいぶん変わったと思いますね。
**井上**　たとえば、松平信康のことなどは書いてないでしょうね。家康は、信康が織田信長に殺されてずっとあとで「信康が生きていたら……」といってるだけですけれども、あの問題はおそらく家康がタッチすることがいやだったから……。だけれどもあの事件というものは、ぼくは、もっとほかのものがあるんじゃないかという気がするんです。それは家康の周辺の人が触れなくなってくる。
**司馬**　そうかもしれませんね。残された文書だけでは、わかりにくいところがある。

**松本**　あれは信長が信康を恐れたことになっている。

**司馬**　それがちゃんとした正説ですね。

**井上**　信長が、なんとかの小冠者《こかんじゃ》というような言い方をして実際にこわかったんでしょうが、あれはやっぱり血ですね。今川の血がはいってるから、目障りだったんでしょう。家康がいちばん苦しい時期は、信康を捨てたときでしょうね。あのときは苦しかったでしょう。家康としては、あれは残酷なことだけれども、しかたがなかったことでしょうね。

**司馬**　あれを耐えられたということが、家康をして次の歴史をつくらせたことでしょう。

**井上**　ああいう辛いことは、いろんな人が持っていたでしょうが、みごとな耐え方ですね。

## 乱世でも余裕のある戦い

**司馬**　『三河物語』、大久保彦左衛門の話ですけれども、家康は非常に字がへたで悪筆だと書いてますね。たいしてへたでないのに、彦左衛門さんは非常に感情的になっていて、おもしろいですね。

**井上**　大体において戦国の武将は、みんな字がうまいですね。あれは見直さなければならないという感じが、いつもするんです。家康や秀吉に限らず、戦国の歴史の上に名を出している連中は、だいたい、りっぱな字を書いてますね。ぼくら、とてもだめだと思うな（笑）、あんな字は書けない。

**松本**　やっぱり教養の一つでしょうね。だから教養を身につけるために、各国の禅僧を手許においたりして。信玄なんか五山文学をささえて、それから山口の大内ね。幸い応仁の乱で禅僧たちは京都で食えないから、地方大名に保護を求めて行った。

**井上**　それからお茶ですね。茶道具というものを、それぞれ大切にしてるけれども、おもしろいことですね。ぼくなど凡人は、乱世になったら、そんな余裕はないな。まず勝たなければならないと思うんだけれども。

**司馬**　そういう意味でいえば文化というか、そういうものへの憧れは、われわれの想像以上に強かったようです。

**井上**　強いですね。いまの時代は茶がなくとも生きられますけれども、あのころは生きられなかったと思います。ほんとにあのころは茶というものが、かれらの持っていた死生観の中に〝生きて〟いたと思います。それほどすさまじい時代だったでしょう。

**司馬**　それを非常に殺風景に解釈すると、茶や茶室というものは、非常に利用価値があった。たとえば松本清張先生とわたしとが話をするときは、松本清張先生が上段の間にすわって、室町時代の作法だと、わたしのような若輩は、はるか下へすわって、顔を上げちゃいけないんです。それから清張将軍を目で見ちゃいけないんです。ですから、将軍が「これからおまえと協力して信濃国を盗ろうと思うが、おまえはこうしろ」と、ディテールを話そうとしても、数十歩を隔ててですから、できない。それは室町の小笠原流ですね。

それで対面の式が終わったあとで、茶室へ行こうというので行くと、松本清張将軍は亭主に過ぎない。それからわたしは客に過ぎないでしょう。そうすると、亭主と客というだけの無階級の場で、一尺隔ててのことですから、非常にディテールを話すことができる。つまり、お茶というものが政治工作にどれだけ大きな役割を果たしたか、想像を絶するほどですね。

**松本**　それはあるね。

## 〝茶〟の効用と利休の死

**井上**　そういう茶の使い方はあったでしょうね。茶道具はたいへんな役割を持っていた。城一つやるよりも、一つの道具をやって、いろんな人の気持を惹きつけるということで、茶道具というものを使ってますね。茶室の中におたがいにすわってるということも利用し、ともかく茶というものはかなり大きな役割を、戦国時代に果たしてますね。

**司馬**　そこではわりあいに複雑な敬語を使わないで、つまり、利休が使っていたような、すらりとした、文人的な言葉を使っていればよかったでしょう。

**井上** それの犠牲者が利休ですね。これはおそらく権力者と対等に行っちゃいますから。

**松本** 利休は紹鷗《じょうおう》のあとをついで茶道のシステムを完成させたわけですが、紹鷗以前の茶は、ざっくばらんなものだったらしい。桑田忠親さんの書いているものを見ますとね。

**井上** 利休からでしょうけれども、戦国の武将はすっかり利休にかき廻された恰好ですね。

**松本** それから道具を褒美として家来にやるでしょう。あれなんか土地をやるよりも安くあがる。それで十分、相手の名誉心を満足させている。

**井上** 利休が不思議な発明をして、雑器を価値づけてしまった。

**松本** あれはもともと朝鮮の日常生活品が多い。

**井上** それから利休の死を賜わったということは、戦国時代の一つの大きな事件だと思いますね。いろいろ解釈はできるけれども、だれもよくわからない。わたしは漠然と、権力者と、権力を持たない芸術家の戦いだと思うんです。そう割り切ると、簡単になるんだけれども。[3]

**松本**　井上さんはそういう解釈で書かれているけれども、秀吉のきらびやかな武家好みと、利休の町人的な渋好みとは合わない。趣味の相違です。秀吉からみると、利休はこざかしげで目障りだったんですね。

**井上**　うっとうしいなという……。

**司馬**　違う価値の創造で、困りましたな。

**松本**　利休の死後、武家茶道の茶碗が異国的な織部式になっていく。織部がはやる意味もわかりますね。

**司馬**　それと、大名茶道のはやりというのは、織田信長は非常にモダニズムが好きですから、茶道という新しい芸術というものに非常に魅力があったと思います。

　もう一つは意地わるくいえば、かれは中世的な教養がありませんから、新興の茶道を好んだ。たとえば別にサロン的な遊びで連歌というものがありますが、かれは苦手だったでしょう、教養の質からも。織田信長は造型美術には明るいけれども、文学的なものには暗い。

連歌だと文学的なサロンですから、あれには苦手だという感じがありますね。光秀は茶にはほとんど関係なくて、連歌ばかりの仲間をつくっていたと思います。連歌というものは公卿的ですね。

**井上** だから光秀の問題が起こったんですね。

**松本** 光秀の問題と利休の問題は……。

**司馬** 似ておりますね。

**井上** ええ、似ておって、当世流の言い方をすれば文化人弾圧というか、文化弾圧というか、おそらくそういう性質を持った二つの事件ですね。

**松本** 光秀というのはたいへんな教養家ですからね。ああいうインテリは、やっぱり信長には目障りで堪えられなかったんでしょう。

司馬　しかしぼくなんか、先祖を四百年もさかのぼってみても位階勲等のついたやつなんぞいない。要するに、土民の子孫ですから、徳川家康なんて、あまりいい気持はしないですね。やっぱり秀吉のほうが好きになっちゃうんですね。（笑）

松本　気仙沼に行ったら、鮎貝という人がいます。宮城県の県会議長をしてますが、鮎貝家の先祖は伊達家が非常に優遇している。上席なんです。しかし、住居はヘンピなところを与えられている。鮎貝家の系図はある所までは消されていて、その消された時点と伊達家の系図とがちゃんと合うわけですね。どうもおかしいですね。

司馬　その松本説は正しいと思うな。伊達家は系図買いをしたんだと思う。

松本　その買った系図の相手を扱うのに二つのタイプがあって、滅ぼすのと、抱きこむ融和政策とあるわけです。

司馬　家康なんかは中年までは藤原と称し、それから源氏と称してますね。源氏と称するためには、異例のことをやっているんです。

家康が三河で、信長の下で働いているときに、信長が平氏を称したんで、自分は源氏になろうと思って、宮中へ行って、源氏であるという、お墨付きを貰ってるんです。そのまま新田義貞の子孫が乞食坊主になって、三河へ流れて来て、それがおれの先祖になっているということで、無論、徳川麾下《きか》のだれもがそれを信じてはいないし、大久保彦左衛門も『三河物語』では信じてません。だれが見ても、あやしげな話です。

その新田義貞の子孫だということを家康がいわないと、征夷大将軍になれません。なぜならそれは源氏にしか宣下されませんから。そのころの家康は自分が将来、征夷大将軍になろうとは思っていなかったでしょうけれども、源氏というものが好きだったんでしょう。源頼朝は関東の草深い所で政権を樹立して行った。それが家康の好みにあったし、源氏を平家よりも好きだったんです。

源氏では足利家というのは名流ですから、これは世間でパブリックな存在ですからね。

だから足利は名乗れないけれども、よく考えてみると、傍流で新田氏というものがある。そこで、新田氏、清和源氏を名乗った。それで大坂夏の陣のときに、関東のどことなき所から「わたしは新田義貞の子孫だ」という庄屋階級の人間が、家康の本陣へ訪ねて来るんです。それを家康は一も二もなく、旗本にしてるんです。百姓に毛の生えたぐらいの人間を。自分の系図を正統化しなければなりませんから。

**井上**　話は違いますが戦国時代というのは、案外、〝人〟につかないで〝土地〟についたんじゃないかと。ネコみたいに、人につかないで、家についたんじゃないか……。

**司馬**　なるほど。

**井上**　そうでなければ解釈のできないようなことがあるんで……。たしかに、これは就職なんですけれども、城と一緒に滅びてる。城は土地の象徴みたいなもんで、主君にはあまり殉じてないんじゃないか……。

**司馬**　それはおもしろいな。

**井上**　全面的に割り切ってはいえないけれど、土地についたという見方もできるかと思いますね。あのころは三河なら三河、駿河なら駿河という一つの単位ですから、その単位についたという見方で解釈できることがあると思います。

## 人間の〝登り坂〟の魅力

**松本**　討死にする場合は、たしかにそうでしょうね、土地の観念……。ところが、土地を奪ってゆくほうからいえば、死に物狂いに働くのは、さっき契約関係といったけれども、自分の主人が広い土地を持てば、自分も経済的に豊かになる、地位も上がっていくということもあった。

信長はその点は非常に人の使い方がうまい。侵略した土地には必ず攻撃軍の隊長を鎮定したあとに領主としておいた。浅井を滅したあとは秀吉を長浜へおき、朝倉のあとには、柴田勝家を北の庄へおく。それは非常にうまい。統治政策と同時に、使ってる連中にはげみをつけてやっている。だから信長のやり方を秀吉がそっくりまねしている。秀吉が登り坂で全国平定するまでは、信長のまねで成功した。ところが、統一したのちは、信長がそこまでやっていないから、手本がないので方法がわからず、それで秀吉は挫折したと思うんです。

その点は、やっぱり、家康のほうが信玄があり、頼朝という手本があったから、成功したんじゃないかと思いますね。

**司馬** そうですね。手本がありましたね。

**松本** 秀吉が関白という最高位にのぼりつめて、凡人になったというのが歴史の通説だけれども、いまいったような見方もできるんじゃないか。

**司馬** つまり秀吉政権というのは、悲惨な要素を持っていて、どうしたって成立しがたい政権であって、秀吉自身の権謀術数と明るいパーソナリティでもって保っていた政権で、あの悲惨さというものは、ぼくは好きですね。かれひとりの個人的な力で保ってる。

**井上** そうですね。秀吉個人の魅力だったんでしょうね。

**司馬** 松本さんがおっしゃった契約の話ですけれども、たしかに契約なんで、秀吉が中国の陣から引っ返して、山崎に進んで行く、光秀を滅すために進んで行く。あそこが『太閤記』の圧巻ですね。ものすごい速力で進んで行く。そのとき秀吉に附随している家来は、秀吉の家来じゃありませんからね。秀吉の家来は非常に少なくて、そうでないものは信長から出て来ている同僚なんですね。

**井上** 人間的魅力ですね。

**司馬** 結局、この人を押し立てて自分の家を開こうというムードですね。だから契約がそこで成立してるわけですね。

**井上** 秀吉が山崎の合戦で勝ったということは、これで、もちろん大きく日本の歴史が展開していくわけですが、結局、光秀をやっつけてしまったということは、人間的魅力でしょう。そうでないと、ああはいかない。

**司馬** ああはいかない。

**松本** だから、現に秀吉が中国戦から引き返さない前に尼崎かどこかに、織田信孝がいるんですよね。長宗我部征伐のために……。

それから丹羽長秀がいたんです。このベスト陣がいながら、ぜんぜん動かない。秀吉が引っ返してくるのを待ってるでしょう。これはやっぱり貫禄でやっつけられる。秀吉の登り坂を見込んで一緒にやろうという……。

**司馬**　それがいちばんいい例ですね。信孝とか丹羽長秀は自分には魅力がないということを知っていたわけでしょう。それは家柄からいっても、信孝は信長の子供だし、丹羽長秀は織田家の二番家老ですから、家柄として、これ以上いいのはないけれども、パーソナリティに非常に問題があったんでしょうね。

**井上**　明智光秀は小骨《こぼね》が多かったんでしょうしね。同時に秀吉はグッとのしてくる時代だし、たしかにそれだけの印象を人に与えていたでしょう。秀吉はあそこで大きな変わり方をしますね。

**松本**　光秀もそれがわかっているから、対決する前に、自分の親戚筋をいろいろ苦労して誘ってるでしょう。大和の郡山の筒井順慶を誘ったり、当時、長岡忠興のおやじの藤孝、あれなんか自分の親戚筋ですね。

**井上**　光秀はかわいそうだけれども、魅力はなかったし、自信もなかったでしょうね。秀吉はどこにいても、なんとなく、向こうのほうが、というものがあったわけで、こわいもんですね、人間の登り坂というものは。

**司馬**　こわいもんですね。

## 乱世のさまざまな武将たち

**井上**　「天正十年元旦」という短いコントを書いたことがありますが[4]、天正十年という時点はおもしろいですね。いろんな事件が起こって、光秀は丹波にいたし、秀吉は中国にいたし、信長はもちろん安土でしょう。

**松本**　滝川一益は関東ですね。

**司馬**　滝川一益というのはふしぎに思われませんか。信長というのは厳しい鑑識眼の大将で、それに非常に優遇されて、すぐれた人間と見られておって、信長が死んだら、なんでもない人間になってしまう。

**松本**　あれは、やっぱり、織田信長は一向一揆に非常に手を焼いているわけですね。滝川一益は伊勢の長島、あのへんがだいたい持ち場だった。たまたま上杉謙信が関東へ出るというので一益を前橋へやっただけで、その前は伊勢の一向宗の鎮圧ですね。信長は一向宗に非常に恐怖心を持っていたと思うんです。だから有能な侍だと思ったんでしょうね。

**司馬**　ぼくは織田家の五人ほどの家老、軍団長の中で、滝川一益という人の出生履歴というものほど、さだかでないものはないと思うんです。非常に盟主だけれども、はっきりしない。それは徳川時代の学者もよくわからないので書かなかったんでしょう。徳川旗本の中では、滝川家の傍流がいるのに、滝川一益はどこから来たかあまり明らかにしていない。あれは浪人の出で、出身は近江の甲賀だそうです。近江の甲賀には庄屋階級の名家がありますが、その中に滝川姓はないんです。庄屋階級というのは地侍、当時の言葉で国人にあたるんですが、甲賀五十何軒というものにはいってない。

そうすると、おなじ甲賀でも身分の低い人間が流れ流れて、尾張へ行って、秀吉とおなじような契機で拾われ、おなじような契機で引き立てられたと思いますが、そのディテールが『太閤記』のようになっていないんです。これはどういうわけでしょう。いまでも、これはぜんぜんわからない人なんです。調べるよしもありませんが……。

**井上**　そうですか。

**司馬**　わたしは昔、京都大学の滝川幸辰《ゆきとき》さんとお話ししておったときに、幸辰さんは「非常に自分が気後れしたり、意気消沈したりするときがある。そのときは、おれは滝川一益の子孫だぞ、と思う（笑）。ひとからみるとおかしいかもしれないけれども、そういう一種のロマンティシズムから元気が奮い立つことがある」とおっしゃったんです。

**松本**　ほんとに子孫ですか。

**司馬**　それはどうか知りません。同姓だから、本人の家系では子孫になってるんでしょう。わたしはまだ非常に若かったから、お腹の中でおかしかったけれども、そのとき、滝川一益って何者だろうと思ったけれども、いまだにわからないんです。

**松本**　ぼくは、丹羽長秀というのは、「腹中の敵」[5]に書いたけれども、秀吉に対して非常にいらだたしさを持っていたと思うんです。つまり、秀吉がどんどんのしてゆく、これに対して織田の周囲のいらだちというものは非常にたいへんなもんだったと思います。いまの会社のサラリーマンと似てますね。それに対して積極的に戦っていったのが柴田です。内心抵抗しながら、ある程度までは協力していたというのが丹羽だと思うんです。ですから、人間のいろいろな条件はあるけれども、人間のそういうパーソナリティ、これは唯物史観だけでは割り切れないところがあると思います。

**司馬**　そうですね。丹羽長秀の立場や人間には非常に文学的な想念をかきたてられますね。ぼくは松本さんの短篇を読みましたけれども、ほんとにそうだな。

**井上**　柴田勝家はおもしろいんじゃないんですか。あれは偉いともなんとも思わないけれども、あの時代に、ほんとにああいう人はたくさんいたでしょうね。

**司馬**　どうにもならないいなかのガンコ者という感じがありますね。そのくせ、いくさをやらせれば平均以上できるという感じ……。

**井上**　強かったでしょうね。

**司馬**　特に惨憺たる心境になったとき、強かったでしょうね。

**井上**　それで別に名を汚さないでちゃんと死んでいっている。

**司馬**　死に方はいちばん爽やかじゃないでしょうか。

**松本**　ずるいのは前田利家だ。柴田の賤ヶ岳のときは、いいかげんな中立……合理的中立であるかのごとく、なきかのごとくね。

**司馬**　一種の小早川秀秋といえますか、賤ヶ岳における。ですけど、あの前田利家は松本さんの友人になってもいいと思うんです。（笑）

**松本**　どういう意味……。

**司馬**　いや、律儀で、誠意があって、裏切らなくて、つまり生涯、つき合えると思うんですよ。

**松本**　殺しはしなかったからね。

**井上**　日本人の感覚でいうと、浅井の滅び方なんか、よくわからないんだけれども、みんな、好感を持ってるんじゃないかな。

**司馬**　きれいですね。

**井上**　きれいですね。小さい義理も大切にするし、ああいうところは、日本人好みで。

## 生きている戦国のロマンティシズム

**司馬**　戦国時代というものは、日本の歴史の中の大ロマンですな。結局、われわれ人間の典型を西洋の文学作品がえがいたドン・キホーテとかハムレットといった型に求めるんじゃなくて、秀吉とか家康とか淀君に、生きた歴史的実在に求められるほどに、戦国時代そのものが文学的なロマンに満ちておるわけでしょう。

それは幕末なんかで板垣退助が、中山道を通って江戸を攻めるという総司令官になりますね。それで京を出発して、岐阜まできた。そのとき、京都の岩倉具視から使いが来て「おまえの姓は乾《いぬい》だろう」……板垣は土佐藩の乾退助ですから。「乾じゃまずい」というんですね。

甲州を攻めるには、甲州という所は人間のむずかしい所だ、つまり徳川時代すらなくて、武田信玄しかないいんだと。とにかくやりにくいところだからいまにわかに土佐の人間が行って「きょうから天朝の領地だぞ」といっても納得しない。おまえの先祖は板垣……武田の。

**松本**　武田の二十四将のひとり？

**司馬**　だから板垣じゃないか。板垣の姓に改めろ、といって、それで乾退助は板垣退助と岐阜で改めたんです。それで先ぶれをやって、「いまから行く官軍の大将は、甲州に数百年前におった板垣ナニガシの子孫であるから、みなさん、いうことをきいてくださ い」という具合で行っているんです。ですから戦国のロマンティシズムというものは、ずっと生きてるんですね。

**井上**　おもしろいですね。信玄が死んでから、「喪を三年秘めよ」ということをいってるし、「あすは旗を瀬田に樹《た》てよ」といってるでしょう。ああいうところ、なかなかいい。これはあとでだれかがつくったかもしれないけれども……。

**松本**　つくったんだ、おそらくね。

**井上**　戦国時代の日本に司馬遷にあたる人物がいなかったのが残念ですね。ぼくら、あのころいたら、松本さんや司馬さんと一緒に書いたと思うんだけれども、残念ですね。

**司馬**　信玄のことをお書きになりましたが、(6)「あすは旗を瀬田に樹てよ」という言葉が、非常に効いてましたね。

**井上**　ああいうところへ惚れちゃうんですけれども、ああいう言い伝えが残ってるんで、たしかに小さな司馬遷はいたんですね。歴史を物語の形で正しく書いていく人が、あの時代にだれかいたら、よかったですね。間違いなく伝えてね。

戦国時代というのは、ぼくはいまや、空想力がなくなってるからしようがないけれど、日本の歴史の中で、ものすごく物語があると思うんです。

たとえば中国の、「時利《とき》あらず、騅逝《すいゆ》かず、騅逝かざるをいかんせん、虞《ぐ》や虞やなんじをいかんせん」――ああいう物語というものは、戦国時代にはふんだんにできると思うんですが、ぼくは、どうしても書けない。あれは小さい歴史にしばられちゃうから動きがとれないんですね。

**司馬**　そのようですね。

**井上**　たしかに歴史の読み方というものは、作家であって初めて読めるところがあると思うんですけれども。たとえば源義経なんか書いたらおもしろい。おおぜいの作家が書いていますが、自分も書きたいと思いますね。ああいういろんな小説になる要素を持ってる人物の、義経は代表者ですね。

ところが義経を書き出すと、どこか小さな史実に引っかかっちゃう。

**司馬**　小さく引っかかっちゃいますね。

**井上**　司馬さん、松本さん、ぼくも入れていただいて、それを破っちゃって、大きなものを書けないかと思って……。

（一九六八年二月）

## 編集部注

（1）『三河物語』をもとにした小説　松本清張「廃物」（文藝春秋版『松本清張全集』第35巻所収）。

（2）太上天皇　足利義満は朝廷に「太上天皇」の尊号宣下を求めたが叶えられず、没後に追贈されたが、嫡子・義持、斯波義将の意向で辞退している。

（3）利休の死　井上靖の短篇小説「利休の死」（中公文庫『利休の死』所収）。

（4）「天正十年元旦」　同作（中公文庫『利休の死』所収）では、武田勝頼、織田信長、明智光秀、羽柴秀吉の天正十年元旦の様子を描いている。この年、四月に武田が滅び、六月に本能寺の変で信長が倒れ、七月に山崎の合戦で光秀が討たれている。

（5）「腹中の敵」　同作は文藝春秋版『松本清張全集』第35巻所収。

（6）武田信玄のこと　井上靖が武田家を描いた作品には長篇小説『風林火山』（新潮社版『井上靖全集』第9巻所収）、短篇小説「天目山の雲」「信松尼記」（中公文庫『利休の死』所収）がある。

# 歴史というもの

座談会

松本清張
司馬遼太郎
井上　靖

司会　堺　誠一郎
（日本文藝家協会）

**堺**　最近、テレビでも歴史物や時代劇がさかんに行なわれるようになっていますが、今日はひとつ、テレビが歴史をいかに扱うべきかといった問題だけでなく、歴史のおもしろさ、歴史のむずかしさといったものをお話しいただければと思っております。

**司馬**　歴史というものは、結局実際はもう存在していないわけですね。語られてはじめて存在するものでしょう。ですからテレビとか、映画とかというものでできるかしらと、ぼくらふしぎに思いますね。しろうとだからわかりませんけれども、なんとなくできないんじゃないかという感じがありますねえ。

文章ではもう遠い時代からやってきている。つまり行間に歴史みたいなものは存在するわけですよ。あるいは文体の中で存在したり……。たとえば布目瓦があって、これについて天平の布目瓦だといって、井上先生がご説明になったら「ああ、そうか」ということで歴史が成立しますけど、テレビに映るときは布目瓦が映るだけでしょう。井上先生の中にあるイリュージョンを、頭の中にあるやつをスクリーンにすれば一番いいわけですけど、どうなんですかね。できますかねえ。

**井上**　むずかしいことでしょうねえ。

**司馬**　まずできにくいものだという態度から、かかったほうがいいんじゃないですか。できるんだという態度でなくて。不可能なんだけどやるんだという態度が必要なんじゃないんですか。

**松本**　ぼくはね、歴史というものはあるけれども、しかしどんなに天才が現れてもね、当時のそのままの歴史というものは再現できない。だから歴史の解釈によって、その歴史ができるというだけであってね。

たとえば菊池寛に「三浦右衛門の最後」というのがあります。それは今川の家来で、まあお稚児さんですわね。それが主家が滅びるときに、たいていならば主君に殉じて、男らしく死ぬ、殉死するというのが当時の常道なのに、その三浦右衛門だけが最後まで、命だけは助けてくれ、ということが文献にはあるわけ。で、卑怯な侍だということになっているのに、菊池寛はそれを読んで、ここにも人間がいるんだ、というようなことを書いているわけです。しかしここに人間がいるということは、菊池寛のヒューマニズムから、あるいは人間をとらえる見方から言っただけであって、じゃあその三浦右衛門なるものが、ほんとうにそういう人間なのか、あるいは後世、卑怯者とののしられるほどの卑怯な人物だったのか、そこにまたモラルの問題、現代のモラルと、当時のモラルの違いがあるわけですよ。だから非常にむずかしい。

**司馬**　そうなんですね。で、解釈といっても、松本さんが解釈なさるというときに、解釈ということばは、あまりテクニックと関係ないことで、精神みたいなものがずいぶんはいっていますね。それを見ていかなければ、古代史なら古代史というのは成立しないわけですよ。

　井上先生の作品の『欅《けやき》の木』(1)というのがありますね。これは歴史とは関係ないんですが、欅というのはどんな木なのか、関西に住んでいると、よくわからないんですよ。見ないのです。欅はね。だから、ぼくなんかが欅を見ても、なんの感慨ももたない。ところが井上さんの『欅の木』には、猛烈に欅の精神、というのは井上さんのだけれども、それがでている。それはもう井上さんの一生を見て、精神を見て、作品を見て、文体を見て、それで納得される欅でしょう。ですから「欅のことを語りましょう」というテレビ番組があっても、テレビ局にそんだけの精神があるかどうかですね。よくNHKがやる平べったいヒューマニズムというか、センチメンタリズムみたいなもので「欅が滅びていくんです」と言って語ってもらっても「ああ、そうですか」というだけでしょう。そこら辺で分の厚い精神みたいなものを、テレビ局という法人が持たなきゃしょうがないわけで、つまり法人が持つことができるかどうかは知りませんけれども、持たなきゃそんな番組できないですねえ。そうでないと、博物館の案内人みたいになる。

**堺**　事実とはなんだろうかということにもなるわけでしょうね。

**司馬**　ファクターというのは、それだけでは、なにも分らない。しかし、そのファクターなるものをじっと見ていると、なんか、一つの滴みたいなものが落ちてくることがあるわけです。ファクトに対して、それにトゥルーということばを使うとしたら、トゥルーが一滴落ちるというやつが歴史なんですね。その一滴、落ちないかもわからない。そうなるとファクトだけですわ。一万個並べても意味ないわけです。つまりファクトからトゥルーに至る変化というのは、物理変化でなくて化学変化ですから、そこで触媒かなんかが働かなきゃいけないわけです。その触媒というのは、つまり松本清張さんという人の精神の何かが触媒になるわけで、ですから、テレビ局のね、だれがそういう触媒になるんだろうというのは、むずかしいですねえ。

**松本**　ぼくはね、学者の歴史がつまらないということ、それはそれでいいと思うんで、学者の歴史というのは、われわれが小説でやっているような想像力を入れたらいけない。いろんな形の土器があると、それを比べて時代を区分して決めるわけですが、じゃあその土器を使う生活はどうであったのかということにあんまり深入りすると、考古学の領域から逸脱するわけですね。事実はあくまでも事実そのものの探求に終わってそこから広がる想像力のところは、もう臆測と称して、非難されるわけです。しかしそういうものがあるから、一方われわれはそれを見て、じゃあそのときの生活はこうだったろうというところは、これは小説家の世界です。だからおもしろいとか、おもしろくないとか言うのは、主観の相違で、小説家の勝手なデッチあげの臆測なんか読んだってつまらないと思う人は、つまらないし、ね。そこでね、まあ、テレビでもそうだけれども、イマジネーションと、この事実との衝突が起こってくるわけだ。

たとえば昔、三田村鳶魚《えんぎょ》といううるさい考証のおじさんがいたわけですね。この人はね、当時テレビはなかったわけで、劇や映画なんか観ていると、侍が夜、宗十郎頭巾なんかかぶって、よく出歩く。侍というのは、夜めったに歩くもんじゃない、と言うんですよね。そんなこと言ったら、芝居もできないし（笑）、小説もできないわけなんです。

**司馬**　トゥルーだけが大事なんで、ファクトはあまり大事じゃないという意味じゃないんですよ。ファクトは集められるだけ集めた方がいい。なぜかというと、戦後しばらくして、わりあい進歩的な学者の「二宮尊徳は泥棒なり」というような随筆があった。(2) なるほどね、尊徳は貧乏でしょう。で、薪背負って、本読んでいる（笑）。そしたらこれは泥棒だ、ということになるんですけどね。これは貧乏と薪だけがファクトなんです。そこへもう一つ、入会権《いりあいけん》がみんなあって、入会山というのがあったというファクトを知ればね、泥棒じゃなくなるんです。これはむずかしい問題ですよ。もし二つだけなら、やっぱり泥棒ですわね。ですけど、その学者は百姓村の出の人じゃないんですな。だから入会なんていうことは知らなかった（笑）。そういうこともやっぱり集めなきゃしょうがないわけですよ。

**井上**　確かに史実というものは大切で、一等資料とか二等資料とか言いますけど、その選り分けだって、はなはだあやしいですね。

**司馬**　案外、二等、三等、あるいは俗書のたぐいが、想像力を刺激して、大事なことがありますねえ。

**井上**　私は利休を、これは来年か再来年書こうと思って、この間から調べているんですが、もしかしたら利休というのは全然違った人間じゃないだろうかと、そういうところから出発する以外にないわけです。(3) 利休はもうあれだけ書かれているし、そして利休というのはこういう人間だというのは、日本人のだれもが持っていますね。

ところが、利休でほんとうにわかっているのは、遺書と肖像画しかない。肖像画は長谷川等伯という人が画いています。あとは遺書だけは嘘じゃないんだろう。財産分けの遺書と、利休の死ぬときの気持を書いたものがくっついているんですね。「人生七十《じんせいしちじゅう》　力囲希咄《りきいきとつ》　吾這宝剣《わがこのほうけん》　祖仏共殺《そぶつともにころす》」と、それから和歌になって「ひっさぐる我得具足《えぐそく》の一つの太刀《たち》　今此時《このとき》ぞ天に抛《なげう》つ」〔利休遺偈《りきゅうゆいげ》〕なんていうのがありますね。それからもう一つは漢詩で「白日青天怒電走《はくじつせいてんどでんはしる》」、あれは古渓の語録「蒲庵稿《ほあんこう》」の中に入っている。

激しい精神というのはみな同じなんですね。だけどあれは利休がその三つのうちどれかをつくって、あとはほかの人がこしらえたと思います。そのくらいで、あと信用できるというものは、全部ゴシップです。だけどそのゴシップをゴシップだから捨てるかというと、いま司馬さんがおっしゃったように、ゴシップの中にも大切なものがはいっている。

**松本** ある歴史学者にあって話すと、必ず「いや、きみ、これは一等資料だからだいじょうぶだ、これは二等、三等資料だからだめだよ」と言うんだよね。ところがね、その一等資料なるものは、公家の日記にある事項がはいっている。民間の日記にも、随筆にも同じことが書いてある。いろんな本に一つの事実があって一致するから、一等資料だ、信用がおけるというわけね。だけどいまお話のように、単なる噂が公家の日記にもあるいは官製の記録にもあるということが、非常にあり得ると思うんです。そうするとね、同じ事件がいろんな記録に出ていることが事実なのかということになると、これは必ずしもそのとおりだとは言えない。

**井上**　絶対言えないんですね。たとえば、同じ源平時代を書いた『玉葉《ぎょくよう》』だとか、『兵範記』だとか、『山槐記』だとか『吉記』だとかたくさんありますが、天気さえ違っているんです。それから事件に対するそれぞれの人の立場でみんな違っている。その日、そのときの感情でも違うでしょう。夫婦喧嘩していたら、また日記も違ってくるといったもので、ぼく自身の作品に関係したことで言えば、『おろしや国酔夢譚』(4)。資料としては漂流民が将軍家の前で話したことを、桂川甫周《ほしゅう》という文学者が筆記したもの『北槎《ほくさ》聞略《ぶんりゃく》』が残っていて、まあ一等資料ですね。将軍家の前だから、嘘は話すまい、しかもちゃんとした人が記録している。しかしその記録の間違いはたくさんあります。それは、その話している漂流民が嘘を言っているということ。ロシアはどんな国だと思う。それは他国とは事を構えるということは絶対ない。非常に穏かないい国だ。しかしそのとき露土戦争がロシアであって、その漂流民はレニングラードまで行ってますから、露土戦争の戦時下の空気を吸わないはずはない。しかしそれを言わないほうがいい。それから鉄砲、火器はどうかと言ったら、鉄砲はすばらしい、と言っておいて、しまった、と思ったから、しかし日本人が鉄砲で一発で仕止めるような、ああいう技術はありません、と言い直しております。オーバーに表現する、そして少なく表現する、それから知っていることを知らないと言う。それから人から旅先で聞いた話を、自分で見た話にしています。ミイラの話なんですが、ミイラというものはロシアに当時なかったから、それはイコンなんですがね。そのイコンが全部ミイラになっている。その間違いはですね、人から聞いた話を、自分が見た話にしているからです。

**司馬**　実際ナポレオンを知っていたかといったら、ナポレオンの鼻のかみ方とかね、ナポレオンの女房が、めしの食い方とかぐらいを知っていただけで、知っているということになると、後世のわれわれのほうが知っているわけですよね。ナポレオンの女房というのは、ですけどナポレオンを一番知っておるつもりでおるわけです。乃木希典のことを書いたとき、そのこと痛感したんですがね。ある種の精神的影響を持った人間、つまりファンのいる人物を書く場合、モーレッツにしんどいですね。なぜかというと、私のじいさんは乃木さんの副官してた、じいさんからいろいろ聞いているということだけで乃木について、人よりも大事なことを知っているということがありますよ。その人らの知ってることは乃木さんのそばの食い方はこうだったという程度なんですけど、やっぱりあとで文句言ってきます。乃木さんだって、まだ生乾きなんです。乃木さんのミイラはですね、生乾きであって、完璧なミイラになるには百年かかるんです。なぜかといったら、曽祖父ぐらいになったらやっと、曽じいさんのことはあまり知らねえな、ということになって、他人になるわけですけれども、じいさんぐらいでは、まだ孫が生きてる（笑）。だから資料やファクトを全部押えちゃったあとは、もう千万人が来ても戦うぞ、という精神がなかったらだめなんですよ。必ず短刀持ってやってきますからねえ。だからそんなやつが来ても、つまり蹴り倒してですね、おまえは間違っておる、と言うための取材というのは、また必要でしょう。ことにテレビ局は影響が大きいですからね。

**井上**　それは松本さんとぼくとの関係に引っかかっている問題でもあるわけですよ。下山事件を、ぼくは自殺として書いた。毎日新聞は自殺説をとったんです。ちょうどぼくが毎日をやめるか、やめないかで、ブラブラしているときに書きましたからね。そしたらあのころ、いろんな新しい陣営のほうから、非常に感謝されたんです。負けないで自殺説を押し通してくれ、と。と、今度はそれから何年かして松本さんは他殺説[5]で書きましたね。と、今度はその前に投書をもらったのと同じ立場の人から、おまえのものなんてしょうがないと、松本さんのほうが……（笑）、下山事件については、その間十年たっているけれども、新しい事実は一つも加わっていない。時代の見方なんですね。こうあれかしという見方が変わったということですね。

**松本**　非常に歴史の見方に通ずると思いますね。つまり下山事件に関して言えば、井上さんが書かれた段階で、当時のいわゆる新しい傾向の人はですね、あれを自殺にしてもらいたかったわけです。そういう空気があった。もっと端的に言うと、下山事件を謀殺として見た場合、国鉄の首切り問題、東芝の労働争議、そういう激しい空気の中で、あるいはひょっとすると、先鋭な労働組合分子というか、赤色分子というか、そういう人たちがあれをやったんじゃないかという恐れというのか、そういうものが一方の進歩的陣営の中にあったわけです。だからね、そういうような嫌疑を避けたいということからですね、自殺にもっていきたい。これは無難だからね。そこで井上さんが感謝されたわけだ（笑）。ところが、十年たつともうそこのところがだいたいわかってきて、自分らのほうの陣営の者がやったんではなさそうだ、どうも無罪だ。そうすると別の陣営からやられたんじゃないかということで、今度はぼくの株が上がるわけだ。（笑）

**井上**　私はだれか下山事件というのを書くべきだと思うんですよ。私の作品も、松本さんの作品も入れまして、そういうことを全部ひっくるめて書けば、ある時代というものが出ますしね。そして下山事件というのは依然として謎であるに違いないけれども、それにしてもおもしろいと思う。

## セリフが単調なテレビ時代劇

**堺**　ところで、テレビで出てくる時代物のセリフの問題になりますけれども、方言の問題もございますけれども、そこら辺をひとつお話しいただきたいと思います。

**司馬**　もう江戸時代の日本語は外国語でしょう。だからもしナマで出てきて、それをしゃべったら、何言っているのかわからない。発音からして違うでしょうねえ。だから違和感を感じさせない程度の会話……たとえば「抽象的に考えましょう」なんて、侍が言うとまずいですけどね（笑）。ですけど、まあ他の置き換えことばで言えばいいんでしょうし、あんまりそれをやかましくいうと、成立しませんでしょう。

**堺**　セリフと同時に服装だとか、作法だとかも問題が多いですね。

**司馬**　そういうことはきっちりやらないとね、芝居というものはそういうもので成立しているものですから。会話の場合はむずかしいんで、井上さんが前におっしゃっていたと思うんですけど、平安時代の天皇さんのことを書くのに、敬語をはずして、ちょっと書きにくい。気分が出ませんですね。敬語を入れると、今度はまたむずかしい文章になるんですねえ。

**松本**　江戸時代のはね、庶民のほうが手がかりがあるんですよ。たとえば『浮世風呂』とか、『梅暦』とか、ああいうものだとふんだんに庶民とか、町人のことばが出てくるし、それから遊里のことば、岡場所のことばなんかふんだんに出てきますからねえ。ところが、侍の日常会話の本がないですねえ。侍のことばは一番むずかしいんです。そのとおり芝居のセリフのように書くと変だしね、それを一番現代語にしたのが山本周五郎さんだと思うんですよね。それから一方の極はね、井伏〔鱒二〕さんがね、『かるさん屋敷』〔一九五三年発表〕を書かれるときに、ちょっと行ってみたら、座敷にね、能狂言の本がいっぱい積んである。井伏さん、能をおやりになるんですか、と言ったら、いや、実はこれから『かるさん屋敷』を書くんだ、これは室町時代の話なんで、セリフをこれからとるんだ、というわけなんだよね。つまり当時のことばは能狂言に書かれている。それでね、そのとおりを書かれて、出た小説が能狂言の小説みたいになっちゃった。厳密に言うと、そこまでいかなきゃいけない。しかしそれじゃチンプンカンプンでわからないんで、セリフにまた注釈つけなきゃならなくなる。結局その中間をとって、雰囲気的には当時のものが残るようなことばを、つくるよりかしょうがない。ところがテレビを観ていると、現代語のボキャブラリーが出るんですねえ。

**司馬**　平気で出てきますねえ。

**松本**　たとえば「具体的に」とか、あんなことば当時ありゃしない。

**司馬**　それも、わかってて使っているんじゃないんですね。いいかげんに書いている感じなんですね。あのね、調べようと思えばその雰囲気ぐらいまでは迫れるんですよ。

**松本**　セリフについて、もう一つ言いたいのは、役者のほうに責任ないと思うけど、本のほうですね。会話が実に単調ですね。つまりウィットがないわけよ。独自性みたいなものが全然ない。どの番組を観ても、話していることがみんな同じパターンなんです。

**司馬**　腕相撲やっているみたいで……。

**松本**　いかにもできあいのことばを持ってきているわけだ。これは局のほうで書き手にあまりおカネを出さないから（笑）、そうなっていると思う。もっと本書く人にカネ出さんといかんわあ。

**井上**　自分の原作のやつなんか、もうこっちが困るようなセリフがでてくる。小説の会話は、そのまま舞台には上がらないから、直すのは当然ですよ。だけど直し方がへたですね。

**松本**　小説の会話は、地の文章でだいたい心理描写だとか動作だとか、いろいろ書いてその描写の中に、会話もはいるわけですよ。それをテレビにそのまま出す場合はですね、描写のところを、いうならば会話化したものでなければいけない。時代物書くテレビの作家は、会話については、岡本綺堂だとか、真山青果などの書いたものぐらいは勉強してもらいたいね。

**司馬**　昔はね、寄席がありますでしょう。江戸の寄席と、大阪の寄席と、それぞれ社会的な効用が一つずつ違っていてですね、大阪では、船場の商家の番頭がでっちに寄席を聴きにやらせるわけです。旦那衆が使うことばが落語に出てきますね。「そうでごわります」という、ていねいなことばがあるんです。それを学ばせるためです。寄席へ行って言語を鍛錬しているわけです。日常人さえも、それだけやってきたのに、いまのテレビのドラマをつくる人は、ぞんざいですねえ。

**堺**　先生方の作品は、いままでずいぶんテレビ化されたと思いますけど、その点、いかがですか。結果としてうまくいったとか……。

**井上** まあ、ぼくの場合は別なものになっちゃいますね。どうぞ、と言うことは、別のものになってもかまわない、それでオーケーするわけですから。ただ、ぼくはちゃんとまじめに取っ組んでやってもらっている場合は、へたにいっても、そういやじゃないですね。ただ、それを作品の持っているニュアンスと、テーマと、この二つを変えられると困るんですよ。

**松本** だいたい自分の作品がテレビ化、あるいは映画化されて成功する場合は短篇ですよね。短篇をテレビなり劇なりに崩して、これを再構成する。そうすると脚色家の野心なり、一つの意図なりが、原作の雰囲気、原作の目的をとりながら、最も効果的にそれをテレビ向き、目で観る世界で再構築してくる。この場合はうまくいきますね。だけど筋だけ追っておる場合は、どうもそこのところがうまくいかない。だいたいがっかりさせられることが多いんで、ぼくはあまり自分のものは見ないことにしている。

**井上** 私の場合なら私のものをやるといって、脚色家が非常に喜んで、意気込んで来るものは、まずかろうと、間違おうと、ちゃんとしたものができますね。

**松本**　やっぱり制作者に情熱があるほうがうまくいく。たとえば自分の作品だと、「文五捕物絵図」〔NHK、一九六七〜六八年放送〕。あれは原作がないんで、原作といえば、ぼくの時代小説なり、現代小説から、あんなふうに脚色者が何人かで合同で書き直したわけです。だいたいあれはうまくいったんじゃないかと思いますね。全く原作がないから、かえって脚色の成功ということも言えると思いますね。

## 必要以上に自己規制する

**堺**　テレビと歴史でいえば、NHKに「日本史探訪」〔一九七〇〜七六年放送〕という番組がありますが、あれなどはいかがですか？

**司馬**　ぼくはテレビ観ないんですよ。オリンピック以来観ていない。

**松本**　あの番組は第一回が「関ヶ原」(5)で、ぼくが東軍、司馬さんが西軍の解説をやった。

そうですか、あれ、ご覧になってませんか？　司馬さんは西軍を株式会社にたとえて説明していたんですよね。非常に新しい解説だ。で、ぼくもつられて、家康も子会社はたくさんもっているが、ワンマンで統制がとれている。しかし、西軍の方は、みんな下請会社の社長連中が、いざといえば乗っとろうという野心があって団結がないんだ、というようなことを話した。

**司馬**　なぜ、そういう説明したかといいますと、日本の権力というものがわかりやすいからなんです。テレビドラマで家康が出てくると、モーレツにみんなていねいにおじぎしている。絶対権力だと思うんです。ところが家康は、一人も人を殺したことないですよ。殺したら失脚になりますよね。モーレツに気を使った上で成立している。非常にあぶないもんでしょう。特に日本の権力というのは、権力という名に値するかどうか、一種の調整権力みたいなものですよ。そういうことが関ヶ原というものを理解する場合、大事なんですよ。非常にあやふやなものなんです。それはいまの会社だってそうだろうと思う。ワンマン社長がいるにはいるけれど、絶対ではない。日本人の社会というのはね、だいたい似たような系譜がずうっとひかれていますから。日本人が体制変化したということはないですね。だからあの番組ではこれで関ヶ原わかるでしょう、というところがあった。

**松本**　歴史は繰り返すと言うけど関ヶ原のときの三成の立場、これが二・二六のときの磯部浅一《あさいち》の立場にそっくりなんですよ。磯部がいなかったら、二・二六は実際にやられたかどうかわからない。彼がみんなを叱咤激励して、率先して引っぱって行った。だからあのときの中心人物が栗原〔安秀〕だとか、安藤〔輝三〕だとかいますけど、安藤なんか最後まで起《た》つか起たないか迷っていた。ところが磯部は手兵を持たないわけだよ。あれは主計大尉だからねえ。だから磯部は、自分の手兵がいたら、みんなが帰順だというときでも、闘ったと思う。手兵がいないばっかりに彼はあっちの陣地、こっちの陣地の隊長のところを走り回って、まとめることに一生懸命なんですよ。三成の立場とそっくりなんです。だからぼくは磯部を書くときに三成と比較して書きましたけどね。

**司馬**　三成には面白い話があるんですよ。陸軍大学校ができたときに、明治十八年に最初に連れてきたのがメッケルというプロシャの参謀少佐、それがいろいろ、日本の戦記を読んで、関ヶ原を研究し抜いた。そして現地に参謀たち連れて行って、陣地の配置を見て、石田三成の勝ち、と、こう言ったわけだよ。陣地配置からいっても石田三成のほうが、勝つ陣地配置を持っているわけです。ところが負けているわけでしょう。みんなが、いや、三成が負けたんですよと言って、いろいろ当時の政治情勢、内部状態を話すと、ああ、そうか。それは戦争以外のことで、最も重要なことだ。三成の勝ちというのは、つまり近代軍隊の考え方からみたものなんです。近代軍隊は命令一下、何万人と虫のように死ぬでしょう。戦国時代は絶対そんなことしませんよ。ぼんくら大将のところはおれはいやだ、と言って、みんな逃げて行っちゃうからね。メッケルは石田三成を近代軍隊の大将にしたわけです。だから石田三成将軍が、進め、と命令したら乃木さんが旅順で命じたごとく進むと思ったんです。そうはいかないんだというのが、メッケルにはわからない。歴史というのはむずかしいですよ。それで、うっかり現代人も、石田三成を近代将軍として解釈するから、だから間違えちゃうわけです。

**松本**　それからテレビの場合ね、歴史上有名な人物には、視聴者のほうにある種の既成概念ができていますねえ。家康とはこうだ。それに対して小説のほうでは、いろいろと既成概念から離れた人物像をつくるわけですね。ところがテレビの場合は、文章と違って、じっくりと考え、論理のあとを追っていくということはできないわけよ。だから逆に言うと、テレビの場合、あまり違った解釈をすると、観る人が戸惑うかもしれない。講談と歴史はそこで違ってくる。大久保彦左衛門なんて講談では正義の味方で、天下のご意見番なんていってますが、実際はね、『三河物語』読んでみても自分のもらう報酬が少ないと不平だらだらなんですよ。家康と一緒に苦労して、山野に寝て、食べものといったら携帯兵食の乾飯、それをかじりながら槍先一本で苦労したんだ。ところがあんまり苦労しないで、あとから徳川家についた連中はみんな出世して、万石以上の大名になっている。これは不合理だというようなことを、再三ぐちを言ってるわけだ。それは彦左衛門が時代を知らないんで、戦闘が終われば、もうああいう槍先一本の旗本は用がないわけだ。飼い殺しなんですよ。だからベースアップもさせないわけなんです。そういうことがわからない、時代のわからない彦左衛門なんです。

**司馬**　浮世で会うと、いやなやつでしょうねえ（笑）。おそらく管理職にもできん、いやーなやつだよ。

**松本**　そういう人物だと思う。しかしそれを出してごらんなさい。これはだいぶイメージ違うから、がっかりすると思うんです。

**司馬**　だから既成概念というのはわりあいテレビの場合大事ですね。そのうえに乗っからなきゃしょうがない場合がある。一時間もの観たけど、あれは「赤穂浪士」のことだったろうかなあ、というようなことでは困るだろうねえ……。（笑）

**井上**　テレビというのは大衆に与えるもので、これはどうしても娯楽ですね。ただ大衆はもうかなり高くなりつつありますね。

**司馬**　大衆とテレビ局員との落差がなくなってきているんじゃないでしょうか。だからレベルを落とす技術、それがテレビ局の技術だという時代はもう終わりつつあるんじゃないですか。

**井上**　高校生などというのは、いますごく高くなっていますねえ。

**松本**　ところがテレビ局に限らず、雑誌でも必要以上に読者を低く見ているわけだ。これはちょっと漢字が多すぎるとか、むずかしいとかいうことまで懸念して、そしてなるべくわかりやすくしようとする。それから編集者の自己規制がだいぶあるわけだ。われわれの雑誌の読者にはむずかしいとか、地味すぎるとかいうことを言われる。そういうような必要以上の配慮は、やっぱりテレビ制作者にもあるんじゃないかと、ぼくは思いますがねえ。

〔文責＝「調査報道」編集部〕

（一九七二年一月）

**編集部注**

（1）『欅の木』　同作は「日本経済新聞」に一九七〇年一月から八月まで連載され、七一年に単行本が刊行された。新潮社版『井上靖全集』第20巻所収。

（2）ファクトとトゥルー　このテーマについては司馬遼太郎「歴史のなかの日常」（『手掘りの

日本史』文春文庫）、「ものを見る達人たち」（『司馬遼太郎全講演４』朝日文庫）でも言及されている。

（３）利休の小説『本覚坊遺文』のこと。同作は「群像」一九八一年一月号から八月号まで連載され、八一年十一月に単行本が刊行された。新潮社版『井上靖全集』第22巻所収。

（４）『おろしや国酔夢譚』同作は「文藝春秋」一九六六年一月号から六七年十二月号まで連載された後、同誌六八年五月号に終章を発表。六八年十月に単行本が刊行された。新潮社版『井上靖全集』第16巻所収。

（５）下山事件他殺説　下山事件は一九四九年七月、下山定則国鉄総裁が轢死体で発見された事件。松本清張は『日本の黒い霧』（文藝春秋版『松本清張全集』第30巻所収）の「下山国鉄総裁謀殺論」（一九六〇年）で他殺説をとっている。

（６）「日本史探訪」の「関ヶ原」司馬・松本の対談「天下を分けた大激戦の明暗　関ヶ原」は『司馬遼太郎の日本史探訪』（角川文庫）に収録されている。

# 新聞記者と作家

対談

司馬遼太郎
井上　靖

## 新聞を綴っても歴史にはならない

**井上** 司馬さんはいきなり新聞社へ？

**司馬** ええ、兵隊から帰ってきて、銀行に勤めるわけにはいきませんですから、新聞社しか……。（笑）

**井上** 結局、新聞記者を何年やっておられた？

**司馬** たしか十三年だったと思います。

**井上** 私と大体、同じくらいですね。

**司馬** それで最後は、美術を受持ちました。

**井上** 似てますねえ。美術、宗教というのを受持つのが、将来、ものを書くには一番いいですね。
**司馬**　暇ですしねえ。そうですか、十三年でいらっしゃいましたか。
**井上**　ええ、やはり十三、四年でしょうか。
**司馬**　たしかはじめは映画のほうに行こうと思いながら、列車に乗っていらっしゃったそうですね。
**井上**　そうなんです。
**司馬**　それで杉道助〔実業家〕さんに、お会いになったわけですね。「そりゃ、やめとけ」と言われて……。(笑)
**井上**　そうです。満鉄へも行こうと思ったことがありますね、戦争中に。これも杉さんに、やめとけと言われて。杉さんは満鉄にも関係があったんですけど、まあ、やめといたほうがいいということで……。
**司馬**　満鉄の調査部というのは学者とか元左翼とか、いろんな人を収容していて、ひどくのんびりしたふんいきだったようですね。やはりのんびりしようと？(笑)

**井上**　そうなんです、ええ（笑）。そして、大阪に満鉄の何かがあったんですが、そこへ行ってみましたら新聞社にくらべて、部屋のふんいきが非常に窮屈そうなんです。しばらくここにいないと満州に行けそうにもないし、これは大変だなあと思って、やめました。満鉄の調査部に行っていたら、小説が書けたかどうかわからんけれども。（笑）

**司馬**　そうですねえ、あまりに境遇がよくて。あのころ満鉄の調査部というのは、入社試験などなかったんだろうなあ。

**井上**　どうでしょうねえ。

**司馬**　満鉄調査部からは、学者は多く出てますね。学者を喜んだところじゃないでしょうか。話はとびますが、私は毎朝、二時間か三時間ほど新聞を読むのが楽しみなんです。新聞というのは、やっぱり面白いですねえ。

**井上**　そうですね。

**司馬**　私はテレビを見るのがにがてで、オリンピックの時も、見なかったかな。いや、オリンピックは開会式を見ました。それ以後は、この間の赤軍の時〔あさま山荘事件〕

に見ただけです。ですから、私のところのテレビは、白黒テレビですけど、まっさらと同じです。あまり使っていないから。

**井上**　私も、テレビは、ほとんど使わないですね。

**司馬**　テレビを見ますと、どういうんですか、ある角度、つまり局側の気に入る角度で映してくれるわけなんですけど、それが目に焼きついて、どうしようもないですね。それにとらわれてしまって……。たとえば、釜ヶ崎騒動が起こってもですね、カメラマンの好きなようなアングルでだけ、われわれは見せてもらうわけですから、実際は全体像も本質もわからないですね。

**井上**　わからないですね。いろんなものが映るけど、事件の持っている本質的なものは当然わからないですからね。ですから、翌日の新聞を待つことになりますね。

**司馬**　人間というのは、おかしいですね。道を歩いていて、交通事故を見ても、その日、早く夕刊にそれが出てないかしらと見て、ああ、その人の職業は何で、どういう事故であったということがそれでわかる。やっぱり、現場の認識というものはたよりないもんですね。

**井上**　そうですねえ。

**司馬**　もっとも、新聞というのは、長い目で見ますと、少しも一貫性がないのに驚きます、全く。つまり、新聞を全部綴り合わせると歴史が成立する、というのはウソですね。全然（笑）、一貫性がない。

明治末期から昭和初期ぐらいまでの新聞をひっくり返して見たことがありますけど、その毎日新聞なら毎日新聞というものが、これでわかったということはありません。一年ごとに、ちょっとずつ違うような——。

**井上**　面白いもんですね。あらゆる事件がそこへ集められて、並べられてあるけれども、それを通じて意味というものは出てこないですね。ほかの人が整理して、ほかの文章にしないと、それが出ない。

**司馬**　日露戦争の時の新聞は、大体手にはいる限りは見たんですけども、少しも日露戦争像はわかりませんね。

## 天気晴朗なれども浪高し

**井上**　そういうものですね。公家の日記、たとえば『吉記』とか、『玉葉』とか、『兵範記』とか、あのころの日記を見ていると、そこにはいろいろなことが書かれてあるけれど、やっぱり平安朝時代の歴史の解釈というものは、全然出ませんからね。

**司馬**　事実のかけらのようなものがあるだけですね。事実というのはちょっとわかりにくい。公家というのはよく日記をつけますけど、ああいう習慣というのはいつごろからあったんでしょう。

**井上**　いつごろからでしょうねえ。藤原時代の初めからあったわけで、朝政、朝儀、仏事、供養、宣旨《せんじ》、院宣《いんぜん》などを全部書き残して、それを自分の家の財産にしたんですね。

**司馬**　そうでしょうねえ。その子、孫がそれを相続しますからね。中国の官僚ですと、相続が出来ませんから、息子が試験に落ちたらおしまいですから、結局、自分自身の伝記を書くことがあっても、日記はあまりつける必要がなかったんでしょうね。公家の場合は相続するから、おやじがこの日はこういうようにして、こういう装束で出ていったから、自分もそうだという、非常に実用的なんでしょうね。

**井上** 問題があると、すぐそれを引っ張り出して、父親、あるいはおじいさんの時はこうなってるという——。

**司馬** 天候に敏感ですね。

**井上** そうですね。ただ日録類を比べてみると片方が晴れて片方が雨になってる時もありますね、同じ日に。

**司馬** 同じ日に？

**井上** 同じ日に京都で。京都というところは、その程度の違いはあるかもわかりません。

**司馬** 北山と、東山、西山とは違いますから。しかし天候というのは、人の主観によっても違うんでしょうね。

**井上** 感じ方でも違うでしょう。一つの事実を書き記す場合、自分を入れないで書こうとはしていますが、その受取り方でやっぱり違ってます。

**司馬**　はあはあ、それは違ってきますね。天気の話ですけど、日本海海戦のこと(1)を調べていまして、例の名文といわれている、秋山真之《さねゆき》の「敵艦見ゆとの警報に接し」からはじまって「天気晴朗なれども浪高し」と結ばれるところのその結びの天気がなければ名文が成立しませんですね。ところがあれは、岡田武松博士が当時、気象官で東京にいましてね、あすの天気というのを割出しまして、「本日天気晴朗なれども浪高し」という文章で、鎮海湾の三笠に送っておいた。それが秋山真之のデスクに置いてあったんですね。

「敵艦見ゆ」という報が届いた時、大本営に、今から出勤するということを言わなきゃいけないんで、秋山真之よりももう一つ下の参謀が、例の「敵艦見ゆとの警報に接し……」を書いておったんですね。それを秋山に見せた。これはよく出来てるというんで、そのままパスさせようとしたのですけれども、ひょっと見たら、そばに天気予報があった。それでこれを一行入れたんですね。つまり、新聞社の社会部のデスクと同じことをやったんです。

「天気晴朗なれども浪高し」ということばには、非常に戦術的な意味があって、敵は砲術が下手でこっちは上手だから、浪の高い日はこっちのほうが有利なんだということが、視界がきくからこっちが有利ということも、まあ解釈は出来ますけれども、文章としては一種の盗作ですなあ。

**井上**　いやあ、見事ですね。

まったく新聞記者がやるような仕事ですね。だけど立派だ。今となってみると、歴史の中にはまってしまっています。

**司馬**　秋山さんという人は、正岡子規の中学のころからの友だちで、高等学校も一緒で、途中から自分は海軍兵学校にはいりますから、と、別れるわけですけれど、ともに生涯文学やりましょうといって、正岡子規と約束していたんです。その裏切った気持がやっぱり真之のほうにありまして、置き手紙をするんですよ。子規の下宿へたずねて行って「自分は兄と一緒に、文学をやるべく心しておりながら、兵隊になってしまう。非常に申訳ない」。そこらへんが、明治の青年だと思いますですね。ただ、兵隊になった動機は、兄貴が安い陸軍の下級士官の給料の中から、学資を出しておって、そんな文科系の学校にやらせるだけの、おれは余裕はない、兵隊の学校へ行け、あれはただだから、ということで行っただけですけどね。

それで、文章というものは非常に好きで、その後も文章の訓練はやっています。ただ、あの人の文章は、いい意味の模倣なんですね。全部書き抜きしましてね、モザイクなんですよ。後に海軍では冗談で、秋山文学といってますけども、ほとんどは人の名文のモザイクのような作業なんです。それが秋山さんの文章なんですね。これが見事に、機能的に生きたのが「天気晴朗なれども……」なんですね。

**井上**　おもしろいですね。

**司馬**　そこがオリジナルですね、生かしたということが。千利休の芸術のやり方とおなじで。

## 記者は〝警世の文字〟を書く

**井上** 戦争中に、日本の新聞記者によって保定入城でもどこの入城でもいいんですが、そうした戦況の報道において、表面的な名文じゃなくて、ちゃんと気持を打つような名文が、いくつか生まれてるんでしょうね。戦争に敗れて、こんな結果になったから、そんなものを拾う人もなくて、生きないということでしょうねえ。

**司馬** 「ヒットラー来たり、ヒットラー去る」という朝日・森山特派員の名文がありましたね。あれは新聞文学の……。あれはたしかに名文でした。

**井上** そうですね。考えたら幾つか思い出すかも知れない。ああいう時の新聞の書出しの文章というのは、たいへん難しく、そこだけ浮いちゃって収拾つかないのもありますね。必要なことだけを書いて、ぴちっとして、すっきりした文章だが、書出しだけが、ゴシックで組まれて、そこだけがくずれているのがありますね。ここで読ませよう、ここで格好よくしようという、そういう興奮でくずれていくんでしょうね、きっと。

**司馬**　明治の新聞というのは、私は正岡子規のことで調べたんですが、あの人は「日本新聞」におりましたね、陸羯南《くがかつなん》の。それがいいふんいきですね。部長とか次長とかがいないんですね。局長、部長、次長とかいうものが出来たのは、たしか大正になって朝日新聞からだと思います。あまり世帯が大きくなって。そして毎日新聞が右へならえしたんでしょう。――じゃないかな。逆かな――もっとも社会部長という名前が出来たのは、毎日新聞がたしか最初ですね。社内に局長とか部長とか置いたのは、朝日新聞がおそらく最初であろうと思います。

外務省かなんかの組織のまねでしょうね。軍隊の組織と官庁の組織しかない時代ですから、組織をつくろうと思ったらどうしても、既成の組織をサンプルにしなきゃいけませんから。

ところが、正岡子規が新聞記者であったころは、一閑張《いっかんばり》の机ですけれども、古島一雄という吉田茂さんの政治顧問みたいな人がいましたですね、この人が主任さんという名前で呼ばれていて、それが、工場へ原稿持ってゆくだけの——今でいえば編集長だったのかということなんですが、そうじゃなくて工場へ連絡に行く仕事だと思います。あとは、記者たちが一国一城のあるじのような顔で書くわけですから、なんというか、面白いふんいきですね。

**井上** 初めて日刊新聞が出たのは、明治五年ですか。最初の日刊新聞が毎日新聞で、この間、毎日新聞創刊百年だった。あのころの錦絵を見ると、とても楽しい。新聞記者も登場しているが、みな堂々たるものだ。

あのころは、新聞記者の初心があると思いますね。サラリーマンでもないし文士でもないけれども、やはり自由民権文明開化の担い手としての誇りをちゃんと底へ敷いておいて、あのころの言葉でいえば〝警世の文字〟を書いた。自分が時代を作ってゆくという気概があった。それはやはり、時代は変わっても必要なもんじゃないでしょうか。

**司馬** そうですね。

**井上** そういうものが、とにかく、あった。文学でもやはり、いつも人間を、人間をくだらないものと思わないで、人間は何だろうか、人間のわからないところを考えようというのが一番大切なところで、どんな時代がきてもそのことは変わらない。
それと同じように、新聞記者の文章というのは――今は時代が違うから警世なんていう言葉は通用しないけれども、やっぱり世を正し、人の心を正しくしてゆく、そういう何かがあるべきなんでしょうね。明治にはたしかにそれがあった。明治の文学にもあり、新聞記者も持っていた。

**司馬**　やっぱり明治は、がっちりしてますですね。あの自由民権運動というのは、明治初年ににわかに起こって、憲法発布でつぶれたような格好になりますね。つまり、官のほうが専制的にそれを組入れてしまったもんですから、不燃焼のまま終わった。そして政党が出来て、官製の制度が出来上がって、それで運営されてゆきますね。
その時に、野党、与党というのが、名前でいえば野党になるような政党も構成されるわけですけど、結局、与党だけですね。野党があったとしても野党になりたいだけの野党であって、本当の意味での野党はない。健康な批判勢力でなくて、むしろ健康な批判勢力は新聞が明治時代には受持っている。政治が右へ行ったり、左へ行ったりしかける時に、バランスをとることをしていましたから、民衆というのは、どちらかというと政府よりも新聞のほうを信じるくせが、日本ではつきましたですね。

**井上** 全くそうなんですね。今でも新聞を信じるくせはぬけていないから新聞社の受持つ役割は大きいんですね。変なことを書かれては困る。

文学でも、明治の文学者というのは、だれでも知ってる鷗外でも、漱石でも、藤村でも、これはやっぱり第一級だと思いますね。鷗外は『渋江抽斎』、漱石は『明暗』を書き、藤村は歴史小説の『夜明け前』ですか。最晩年に、みんな人間の大問題と組んでますものね。『明暗』では人間のエゴイズムというのを持出して、それを追ってるし、『渋江抽斎』でも一人の人間を追求するのに、死後四十九年くらいまで追いつめている。

司馬さんも歴史小説をお書きになるし、私も書いているんですけれども、藤村に『夜明け前』を書かれたということは非常に困ることです。(笑)

**司馬** まったく困ることですねえ。(笑)

**井上**　藤村があれだけの大きいテーマの歴史小説を書くのは、彼が特別の家に生まれており、彼こそ書かねばならないというところはありますけれども、日本にとってあれだけ大きいテーマを持出されて、組まれますと、どうしようもないものがありますねえ。やっぱり志はみな高いですね。

## 作家が日本語をつくる

**司馬**　それに、小説を書くという作業のほかに、日本語をつくる、文章日本語をつくり出すという作業を一緒にやる。それを個人のなかでやってますでしょう。大変なことですね。だから、漱石がいなかったら今の文章日本語が、どうなったかということがありますね。

**井上**　そういう意味での漱石が受持ったことはとてつもなく大きいですね。同じようにそれぞれの受持ちがある。鷗外でも、藤村でも。

**司馬**　だいたい漱石の文章さえ学べば、大抵の問題は論じられる。あるいは描写出来るということがありますね。

**井上**　鷗外でも……鷗外の作品で、今でも第一級の文章を拾い出したら、たくさんありますね。鷗外のあの、なんといったかなあ、ろうそくを次々消してゆく小説〔『百物語』〕がありますね。一本ずつ消していって、百本目が消えるとお化けが出てくるという。

**司馬**　料理屋さんみたいなところで……。

**井上**　ええ。そんなことを計画する人は、放蕩者でしかないと思うんです。大ぜい人を集めて、深川かどこかの料亭でそんなばかな催しをやって、有名な芸者が、その席へはべっている。鷗外もそこへ——鷗外らしい人物が……。

**司馬**　まぎれ込みますね。

**井上**　そこで、主人公にあいさつする。その主人公の横に芸者がくっついている。それを、看護婦が病人に寄添うようにその芸者がついていると書いている。私は、非常に感心したんです。芸者というのは、たしかに放蕩者につく場合には、病人についている看護婦ですよ、寄添い方が。芸者というものを、風俗の一点景としては取り扱いますけれども、鷗外は芸者の本質をとってますね、あそこでは。

**司馬**　酔っ払い科の看護婦ですね。

**井上**　ええ。そういうことはなかなか、こわいですねえ。それから、『追儺《ついな》』という小説で、鷗外がある人に呼ばれて、料亭へ行く。新喜楽へ行く。鷗外を呼ぶようなやつですから、相当な人でしょう。相当な人でなきゃ、鷗外も行かないでしょう。軍医総監かなんかですから。先へ行って待っている。すると新喜楽のおかみさんが来て、赤いちゃんちゃんこを着て豆まきをする。赤いちゃんちゃんこが実にあざやかに書けてるといって、その短篇が有名なんですけど、私は、赤いちゃんちゃんこなんか、別にどうとも思いません。

そんなことをしていると、やがて自分を呼んでくれた人物が来るわけです。そして一緒に向かい会ってご飯を食べる。その自分を呼んでくれた人が手をついて、（やや後ろへ右手をついて、上体がそれにもたれるポーズをとり）こうしている。これをですね、はっきりした言葉は思い出せないけど、「人魚を食った嫌疑を免れない人」とか、そういう文章で書いているんです。人魚というのは、やっぱりたしかこんな……。

**司馬**　うーん、そんな格好している。

**井上**　同時に、鷗外を呼ぶような人物は、人魚が持っている生臭さがあるように思うんです、どうも。明治四十何年に、人の格好を、人魚を持ってきて書くというのは、非常に新しいですね。ちょっとぼくら、考えつかない。

**司馬**　なるほど。

**井上**　そういうところを拾ってゆきますと、明治の文学者というものはえらい。さきほど司馬さんがおっしゃったように、最初にやってるんですね。今になってそれと同じようなものを拾えば、ありますよ。たとえば、森茉莉さんが、灰皿へすりつけたたばこのしめりを、雨どいの中に詰まってる落葉のしめりだと書いている。実に面倒くさい比べ方ですけれども、しかしそれはかなり的確だと思うんです。そういうことはきっと、私も拾い、司馬さんも拾っているし、森さんも、幸田文さんも、三島〔由紀夫〕氏も拾っていると思いますけど、最初にやったのは、鷗外ですから、かないませんね。

**司馬**　うーん、なるほどなあ。

**井上**　それから藤村の――藤村ぎらいという言葉があって、きらいな人がたくさんいると思う――「自分のようなものでも、どうかして生きたい」〔『春』〕というような言葉、随分へんてこで引っかかる言葉ですけれども、しかしそういう姿勢というものは、文学としてこわいと思うんです。

## 鷗外のエゴイズムを評価する

**司馬**　あの時代の連中でまあ、自分が歴史的なそういう場所におるという自覚もあったような形跡がありますのは、これは小さな例なんですけれども、正岡子規が大学予備門――後の高等学校へ行きますね。哲学をやるつもりだったんですね。自分が哲学をやれば、日本の哲学、西洋哲学の大宗になると、そう思ってるんです。ところが同級生で一人、夭折《ようせつ》するんですけども大変な哲学者がいるんですよ。「ああ、あいつがやるなら、おれは二番目になるからよそう」と言うんです。

そう書いてあるもんですから、これは大変な意識だと――ちゃんと歴史意識をもっているという感じですね。

**井上**　面白いですね。

**司馬**　鷗外の津和野の家をたずねますとね、まず小さいのに驚きますね。八十石ほどの身分の藩医ですけれども、やっぱり石がつくからにはいくら少ない石でも、高等官です。高等官の家にしてはどうも小さいんですが、川を隔てたお隣に西周の家があるんです。同格の藩医で、西周の家のほうが大きいんですけれども、それでも九十石ほどですね。蔵一つ多いだけです。

その鷗外は六つか七つくらいの時に、お父さんからオランダ語を習うんですね。今でも、幼稚園から英語を習わせる家は変わった家ですけれども、大まじめにオランダ語を習わしていること自体が、相当な教養時代だったんだと思いますね。

**井上**　教育ママなんていうもんじゃなくて、大変なことでしょう。

**司馬**　鷗外は志を立てて、医学もしくは軍人——井上先生のお父さんと同じ分野ですが——お医者さん兼軍人になっちゃうわけですけれども、その世界では、松本順とか、いろいろ先輩がいるものですから、やっぱり自ら大宗、みずからいにしえをなせるかもしれないという世界は文学だと思ったのかも知れませんですね。明治の気概というのはそういうところにありますね。

**井上**　たしかにそうですね。彼がやってるなら、自分がそこをはずそう——というのがねえ。

**司馬**　ですから、お医者における鷗外の後進の引き立て方というのは、どうも不親切なような感じが……。これはまあ、私の勝手な解釈かも知れませんが、軍人としての世界でも後進に対して、手取り足取りというような態度はなさそうですね。

ところが、田山花袋が日露戦争の時に従軍して、これはまだヘッポコ文士だった。何作か書いただけの無名に近い文士で、第二軍司令部の鷗外をたずねてゆくと、非常な歓待を受ける。当時は官尊民卑の時代ですから、第二軍軍医部長といえば、一新聞記者の田山花袋から見たら雲の上の人ですけどね、非常に親切にしている。

ああいうところに、鷗外の志というのはあったんだな、という感じですね。志の温かみみたいなものが感じられます。

**井上** そうでしょうね。自分の内部にあるエゴイズムとか、そういうものはちゃんとはっきり意識してるんですね。ですから、放す時は突っ放すし、あとから考えれば冷酷にも見えますけれども、そういうエゴイズムというものを、まあ正当な所に置いて働かせるというようなことを、やはり鷗外が初めてやっているんじゃないでしょうか。

それまでは、日本を動かしているものは、やっぱり人のために自分をなくす、大きいもののためには小さい自分を消してしまうとか、何かそういうものでゆきますけれど……。エゴイズムというものをちゃんと正当な場に、非難があろうとなかろうと、ある場所に置こうという意識はあったんでしょうね。自分というものを確立する、自分のいやな面も、ずるい面も、自分の内部で確立させようという……。これは出発点ですからね、あらゆるものの。

今はエゴイズムはどうのこうの、だれもいいませんし――。

**司馬**　明治の人の自我のほうが、なんとなく、しっかりしている感じなんですね。そのくせに、江戸時代の名残りだと思うんですけれども、後進に対するやさしさというのは、こっちが涙を催すような、特別な感じがあるんじゃないでしょうか。

**井上**　うん、あるんですねえ。

## 陸羯南の大親切

**司馬**　明治人には、突っ放す時には突っ放すんでしょうけど、これはおれの精神なら精神、芸術なら芸術の後継者になるんだと思った場合の、やさしさというのは大変なもんですね。

**井上**　もう、そういうやさしさは話を聞いても、活字読んでも、ちょっとかなわないですね。一番こわい。

**司馬**　たとえば、陸羯南が――これは「日本新聞」の社長、事実上の主筆みたいな、明治時代の代表的な文章家の一人だと思いますが、惜しむらくは新聞記者だったもんですから、時務を論じたために、長く残る文章にならなかった。陸羯南というのは津軽の人ですから、伊予の出身の正岡子規に対して、そんなに親切にしなくてもいいんです。当時はまだ郷党意識が強うございますから。ところが、子規のおじさんの加藤恒忠――外交官になった――それが司法省法学校の、たしか後に東京大学法学部になったな、と思うんですが、その同級生だったというだけで、子規が田舎から出て来ると、ずっと親切にしちゃう。

その親切というのは、子規の才能を愛しての親切ですね。なんだか特別な青年だと思うために。もう、おかずがなかったらおかずを持ってゆく。飯がなかったらたきたてのご飯を持ってゆくというような親切で、当時の子規の家というのは、陸羯南の家の晩飯をおすそ分けして食ってたんじゃないか、というような感じなんですね。

その子規自身も、漱石に「自分は陸羯南という人に非常に親切にされておる。陸羯南というこの名前をここに書くだけでも、涙がこぼれそうだ。――涙はやっぱりこの手紙の中に落ちてまして――これが涙のあとなり」と書いてあるんです。（笑）

そういう親切さというのは、これはかなわない。陸羯南は、彼の考えた新聞というものを、不偏不党という――これはちょっと純粋培養過ぎるくらいの観念ですが、ともかくもそうした観念によって「日本」という新聞をつくりあげた。これを正岡子規に譲りたい。ところがどうも正岡は俳句その他の文学にこっている。そうしたら「それでもいいんだ。これはこれで一つの日本の新しい伝統を、起こすやつなんだ。この人間を自分がなんとか援助出来るのは、米塩を提供することしか出来ないんだけれども……」と。人間が人間に対して親切に出来るのは、ここまで出来るんだろうか、という感じなんです。

**井上**　そういう話ほど、最近打たれることはないですね。自分の財産を長男へ譲ることとは違うんですからね。一番大切なものを自分の後継者にやるという。しかもその与え方は、とことんまで親切だ。そういう人間がたくさんいなかったら、日本の国はだめですね。

**司馬**　正岡子規の家計が大変窮迫していて、そしてほとんど寝たり起きたりの病人に近い人間ですから、それに対して給料を出しているんですが、「日本」は子規に月給十五円ぐらいしか出せないんです。「日本」はあまり売れないもんですから。ところが朝日新聞はそのころ三十円くらい出していたらしい。陸羯南の友人に、おそらく池辺三山だろうと思うんですが、朝日新聞の人がいた。だから陸羯南は子規を朝日新聞に推薦することも出来るんですね。「朝日なら三十円になるんだが、お前は窮迫しているから朝日に行きなさい」と言う。

しかし、子規はどうしても行かない。「陸先生のもとにいる」。十五円で、お母さんも、妹さんも一族全部を養ってるもんですから、窮屈なんですけれども、そのまま生涯通すわけです。ああいうことはどうもわれわれかなわない。

**井上**　かなわないですね、全然、今の時代はかなわないですね。

**司馬**　そのくせ、がんこで説を曲げないでね。子規なんていう人は、他人を、自分と違う歌論なら歌論、文芸論を持ってるやつを罵詈《ばり》罵倒《ばとう》する。ここまでしていいのかというほどにやるんですね。つまり、何事かを確立せんがための罵詈罵倒ですね。そういうのを見ると、やはり明治というのは偉大だという感じがいたします。ただ、明治の偉大さというのは、明治が偉大なのか、江戸時代の余熱が偉大なのか、ちょっとわからないところがありますけれども。

**井上**　明治が突然生まれるわけでもありませんしね。明治が生まれる基盤というのは出来ていたに違いないんでしょうけれど、立派な時代ですね。

## 師匠は追う、弟子は逃げる

**司馬**　ちょうど日露戦争のことを調べておりましたもんですから、ついその話になるんですけれども、漢詩が作れる軍人といっても、四十代の少将あたりではもう作れませんですね。

**井上**　ああ、そうですか。

**司馬**　日露戦争の少将は、ちょうど士官学校の一期か三期になるわけで、要するに今の制度とほぼ変わらない学校での、秀才養成方法で出てきていますから……。ところが大将のクラスはみな作れるんですな。

**井上**　なるほど。

**司馬**　山縣有朋は、われわれ、どう考えても好まない、好きになれない人間ですけれども、いくつかの救いがあるのは、歌がうまいことと漢詩の同人雑誌をやっていたことですね。彼は当時、大本営の参謀総長だったんですが、そうした劇務にありながら、その同人雑誌にはちゃんと投稿している。乃木希典もその同人にはいってまして、「石樵」というのが雅号だったと思うんですが、そういう稚気というんですか、ともかく大まじめに志を述べていたわけでしょう。

**井上**　島木赤彦に「容《ゆる》さざる心(2)」というエッセーがある。娘さんが病気で信濃から東京で出てきて、どこかの病院にはいる。すると〔伊藤〕左千夫が来て、いきなり「お前の歌などてんぷらだ、啄木の歌などは、てんぷらの中のてんぷらで、読むにたえない」と、罵詈雑言する。

赤彦が答えようと思うけど、おなかが痛い。子供の病気で入院しているんだけれども、自分もがまん出来ないほどの腹痛で、「抗弁すべきこともあるけれども、他日にしてくれ。今、腹痛が大変だ」と言うと、「自分が本気で言っているのに、腹痛のようなことに耐え得ないか。そんなことはがまんしろ」と、とうとうやっつけるだけやっつけられちゃう。赤彦は非常にくやしいんですけれども、どうしようもなくてうつ伏してしまう。そして左千夫はそのまま帰っちゃうわけです。

赤彦はそれから二、三日して退院し、信濃へ帰るんですが、その晩に電報で、左千夫の訃《ふ》報がくるんです。その時もう、赤彦は泣くんですね。

解釈はいろいろあると思いますけれど、左千夫はそれほどまでは自分で意識していないかもしれないが、とにかく「お前の歌は、てんぷらだ、ひどいてんぷらだ」ということを、死ぬ前に言いに来てるんですね。言うだけ言って、帰ってゆく。そして、信濃へ帰っていきなり左千夫の訃報に接したら、泣きますよねえ、これは。

しかしそういうような、日本の文学の伝わり方なんですね。そういう激しい形でないと伝わっていかない。これは歌や俳句の世界に、割合はっきり出てくるんですね。

長塚節《たかし》が九州の病院へはいって、いよいよ危いという時の話ですが、赤彦が手紙を出すんです。「自分はこの秋、最初の歌集を出そうと思うが、どうだろうか」。返事がこないんですよ。ほかのことは、いろいろ書いてあるけれども、歌集のことについては返事がない。また出すんです。それでも返事がない。

その春、赤彦は長塚節にはじめて歌を批評されているんです。節は「自分がある歌人の歌を批評するという場合には、すでに殿上に上がった歌人の場合なんだ。ある地位に上がった立派な歌でない以上おれは批評しない」という考えなんですが、その節にともかく赤彦は批評された。殿上に上がったということですね。それで歌集の相談をした。そうしたら返事なしのまま死んでしまうんです。

これはやっぱり、立派だと思いますね。「おれはたしかに一首批評してやった。しかし歌集とはなんだ。まだ早いじゃないか」というわけでしょう。全部そういう伝わり方をする。

**司馬**　うーん。

**井上**　さっき司馬さんは俳句の世界でおっしゃったが、歌の世界で言えばそういうことです。そういうものがないと、だめなんですね。

**司馬**　私は最近正岡子規にこっているもんですから、またしても子規なんですけれども、実は私は、短歌、俳句の音痴なんです。ただ子規の散文が好きで、なんとなく子規が好きになってしまってるんですが、彼の弟子に虚子と碧梧桐《へきごとう》がいますね。これはたまたま近所の後輩です。松山の同じご家中の後輩で、松山中学でも後輩です。それで名前を呼びあっている仲でしょう、お互いに。ですからその子規のところに、ちょっとした年齢の違いだけで虚子と碧梧桐がやってくる。

ところが子規は、まあ言葉の荒い人ではありませんから、きつくは叱らないんですけれども、どうしても学問をやれというんです。少年たちが文士になりに来ているのを、どうしても学問をやれという。二人とも京都の三高を退学して来てるんですが、子規はこの二人を見て、自分は肺病であって余命は大体あと何年だ、と思っているものですから、「自分は妙な仕事をやりはじめた。日本の文芸、つまり短詩型の文芸を、新しい美学——ハウプトマンですか、彼が大学の時に習った——によって見直して、新しい文芸鑑賞法を確立しようとしている。これは学問としてやらなくてはだめだが、おれはすぐ死ぬ。だからお前たち二人は、学問をしなきゃいけない。どうしても学問をやれ」と言う。

それで高浜虚子が——あの人の初期のころの文章は、小説にしても、よろしいですね。その中で「人の師匠とか、親分というのは、しつこい人間でないとだめだ。子規居士は非常にしつこい人だった。どうせ子分とか弟子とかいうものは、みんな師匠や親分から逃げたがるんだが、逃げて逃げても追っかけてくる。追っかけて来て待伏せもする(笑)。それはもう実にしつこいもんだった」と言っています〔『子規居士と余』〕。

高等学校へ戻れといわれたもんですから、結局戻るわけですけれども、そうしたらちゃんと戻れないんですね。服部宇之吉さんが、当時三高のなんとか主事だったんですが、ちょっと学校の制度が変わったからお前は戻れない、仙台の高等学校へ行けという、それで二高へ行くんです。

ところが、やはり文士になりたくて、またやめて戻ってくるんです。それでも子規は、生涯、学者になれ、学者になれと二人にすすめている。二人はとうとう逃げきるんですけれども、その執拗さというのは、やっぱり明治のよさですね。

**井上**　そういうことが、大切なものを次々に伝えていったんでしょう。二人は学者にならなくても、そういう精神をうけついでいくわけですね。私はいま、何より大切なのは師弟関係の確立だと思っています。親子じゃないと思う。師と弟の関係というものを、いまの日本はどうしてもちゃんとしなきゃいけない。世界のほかの国ではきちんとしているると思いますね。日本はそこが一番乱れている。

師弟というのは、たまたま師になるわけで、弟というのも別に血の関係でもなんでもない。明治以降の学校で言えば、先生がたまたまそこへ行き、弟子がやはりたまたまそこへ来て教わる。これには何の打算もなくて、ただ教える人と、教わる立場に立っただけの関係ですね。その人を尊敬してそこへ行ったという江戸時代のいきかたでなくて、たまたま教える立場に先生は立ち、そしてたまたま教わる立場に生徒もなる。しかし教わったというのは、大変なことですからね。教わるということはたいへんなことだという考えがなかったら、師も弟もない。売り買いです。月謝を出して、知識を買う。ナンセンスですよ。何も買えませんよ。

## 論語の解釈は時代とともに変わる

**司馬** 私は江戸時代の、江戸あたりにあった塾のことを調べていた時期がありましてね。

**井上** そうですね、お調べになって、お書きになってる。

**司馬** 月謝がいくらぐらいで、どういう関係だったんだろうということを調べたのですが、なかなかまとまった書物がありませんので、自分で調べなきゃしようがなかったんです。あのころはいい制度が一つあったなあ、と思いますのはね、たとえば古賀精里という人の例をあげますと、この人は旗本で、幕府の学者なもんですから、給料は幕府からもらっている。

ところが「自分はこれだけ学問をした人間だから、それを譲り渡さなきゃいけない。幕府に仕えてるだけではちょっと具合悪い。後進を育てなければいけない」というので、私費で自分の屋敷の中に建物をつくった。それで寄宿生は寄宿、通いは通いでいるわけです。

古賀精里だって忙しいもんですから、日が暮れてから帰る。そしてお役目の調べものもありますから、相手にはなっておられないんですけれど、古賀先生のお屋敷の中で、自分が起居しているというだけで、弟子は満足してるんですね。塾頭のような者が、つまり古い弟子が、新しい弟子に教えてるだけです。古賀先生に接するのは大抵、十日に一回なんです。先生は非番の日に出て来て、「どうしてもわからないことがあれば聞け」というようなことなんですね。それが、雑談をするだけ。その雑談と人格的ふんいきに接するだけで安芸とか越後とか南部とかいったような遠くからやって来て、そして古賀先生の屋敷の中の寮にはいっているわけです。

月謝はいくばくも払っていないんです。全部先生の持出しですね。ああいう姿を見ますと、なんといいますか、やっぱり人間の関係がちゃんとしていますね。人間というものが関係で成立しているものだとしたら、その関係というものは非常にしっかりしたものだという感じですね。

**井上**　そうですね。

**司馬**　それに関連して現在の話となるとさしさわりが出るかも知れませんが……(笑)。正岡子規の虚子や碧梧桐に対する態度をみますと、そのしつこさに驚くんですけれども、そういうことがやっぱり今でもあるんだなあと思ったのは、吉川幸次郎さんがそうだと思った瞬間があります。吉川さんに数年前にお会いしました時に、「高橋和巳君に会うことがありますか」と言われるものですから、「私は交際がないもんで、会うことがありません」。「しかし道ばたででも会うことがあるでしょう。その時は、大学へ戻って学者になってくれと言ってくれ」と言われるんです。高橋さんはあれだけ大学から逃げているのに、師匠は師匠で、これだけ追いかけるのかと思いました。

高橋さんは、師匠に顔を合わすとまた学問の話をされると思って、自分は作家になるために大学を出てしまったんだからと、もう顔を合わさないようにしている時期だった。だからこの人に頼んどこう。どこか道を歩いていてでも会うことがあったら、そう言ってくれというんです。

吉川さんは「中国文学——文学の先生というものは、自らも実作が出来なきゃいけない。高橋和巳君が一番いいんだ」と、そういう考え方があるもんですから、放さないという感じで、これはすごいもんだな、師匠ってものはこういうものでなかったらだめだと思いましたね。

**井上** そういう人間と人間との関係というものを取戻さないと、ほんとうに困りますね。いま切実にそう思います。この間から、学生のああいう問題[3]が出てますが、あの学生たちも、初めからあんなことを考えてはいなかったでしょう、あれを動かした理念というものが、あるんですね。その理念というものを与えた人がいる。その人は、ちゃんとしなけりゃいけませんね、いま。

**司馬**　その人がちゃんと名乗り出て、明快にしなけりゃいけませんですね。

**井上**　自分はそういうつもりでやったんじゃない、こういうことで間違ったんだとか、彼らこそそれを反省しなきゃいけない。それだけのことをやってもらわないと……。どんなに否定的な事件に対しても、襟を正さしめるだけの言説がなきゃ困ります。それが一番欠けてるんじゃないですか。

**司馬**　そうですね。その文章なら文章を提供する場所は、非常にたくさんあるんですからね。

**井上**　あれだけの大変な事件に何らかの役割をしている以上、ちゃんとすべきですね。どんな思想を持とうと自由ですから、今の世の中は。ただ、ちゃんとけじめを立ててくれないと。

**司馬**　あれはそういう意味では、あわれな犠牲者ですね。

**井上**　話は別ですが、一度、吉川幸次郎先生にお会いした時、こんなことを聞きました。中国では、論語の「逝くものはまたかくの如きか。昼夜をおかず」の解釈でも、国の勢いが盛んな時は生成発展だ、人類の流れというものは、水の流れがだんだん太く流れるように、大きくなってゆく、と解釈し、国勢が衰えた時は、全く水が流れてゆく、ゆくものはまたかくのごとく……で、なんかこう淋しい。人類の流れというものはどこへゆくかわからんという、そのような解釈が行なわれるんだということでした。ぼくはその時、この時代はこうだ、この時代はこうだと、書いてくださったらいい、と言ったんです。

**司馬**　一番大事なことですね。

**井上**　ともかく中国という国は、そういう国なんですね。そんな一人の、二千年も前の哲学者のエッセーを解釈するのに、自由自在なんですね。今でもそれはあるわけです。今度のアメリカとの間だって、同じことですね。ゆくものは……ですよ（笑）。どうとでも解釈してゆく。

**司馬**　ほんとうに解釈してゆく。だからいつでも、いくつもの解釈を用意しているみたいに見える。

**井上**　中国の文学の心がわかる人が、どんどん書いていただければ、中国というものがわかりますよ。

（一九七二年四月）

編集部注

（1）日本海海戦のこと　司馬遼太郎は一九六八年四月から七二年八月まで「産経新聞」夕刊に「坂の上の雲」を連載しており、この対談でも同作の登場人物への言及が見られる。

（2）「容るさざる心」　このエッセイについて、井上靖は『欅の木』のなかでも紹介している。

（3）学生の問題　一九六〇年代後半以降の大学紛争、新左翼組織による政治活動のことをさすと考えられる。対談収録とほぼ同時期、七二年二月には連合赤軍の「あさま山荘事件」が起きている。

# 歴史と小説をめぐって

講演

井上靖

# 歴史と小説

わたくしは歴史小説を書いておりますので、古いもの、古文書とか、あるいは形のある資料、ひと口にいいまして文化財のご厄介になって小説を書いているわけであります。二、三の小説を例にとりまして、小説家というものが文化財、つまり、作家の立場からいいますと、直接資料でありますが、そうしたものをどのような迎え方をして、どのように見ていくか、そういうことをお話してみたいと思います。

わたくしは最近非常に感心した写真集が一冊あります。渋沢敬三先生がおなくなりになる前に、自分の父親は旅行が好きで、一生かかって方々へ行って写真をとった、その写真集を一冊出しますから、差し上げますとおっしゃっておりましたが、敬三先生がおなくなりになってから一週間ほどして、その敬三先生のおとうさまの写真集がつきました。それには『瞬間の累積』という名前がついています。何百枚か収められていますが、いずれも箱カメラで五十分の一秒でとったもので、五十枚とりましても所要時間は一秒であります。それですから、ごくわずかの時間が集まってこれだけの仕事ができた、そういう見方で敬三先生はおとうさまの写真集に『瞬間の累積』という題をおつけになったのだと思いますが、その一枚一枚が明治時代の、今となってはなかなか貴重な風俗資料になっております。

わたくしの郷里は静岡県でありますが、静岡県の狩野川の写真も二枚はいっておりまして、それを見ますと、なるほど、これが今から六、七年前の狩野川あるいは沼津周辺かという気持にさせられます。また外国の写真もたくさん残っておりまして、たとえばベニスのサンマルコ広場などもあります。今サンマルコ広場へ行きますと、鳩がいっぱいいまして各国の観光客がぎっしり詰まっています。しかし、その写真集のサンマルコ広場はまるで違っていて、幅の広い帽子をかぶった婦人たちや、燕尾《えんび》服のような洋服を着た古風な紳士たちがばらばらといるだけで人影もまばらで、しんとしている。おそらく今から何十年か前のサンマルコ広場は、そういうものであったのでありましょう。

今、明治の外国や日本のいろいろな町のことを書きます場合に、この渋沢敬三先生のおとうさまの写真集は非常に役に立ちます。これは敬三先生がおとうさまのために出しておかれて、ご自分もなくなられたのでありますが、ほんとに出しておいておとうさまのためにもよかったし、わたくしたちのためもよかったという気がいたしております。

明治はそう遠い昔ではありませんが、明治を書くとなると、なかなか難しい。明治までさかのぼらなくても、たとえば関東大震災、これを書こうといたしましても、官庁の記録などはたくさんありますけれども、具体的にそれを描写しているものはない。小泉信三先生の『海軍主計大尉小泉信吉』という本が震災の日の鎌倉を克明に書いております。これは息子さんの思い出を書いた本でありますが、その息子さんがまだ赤ちゃんであって、その赤ちゃんの思い出として震災の日のことが書かれてあります。それから室生犀星の小説『杏っ子』に震災の日の上野のことが書かれております。いろいろ震災関係の記録というものを見ましても、本当に判るというようにはなかなか判りませんが、小泉さんと室生さんの文書は非常に生き生きとその前後のことを写しております。もちろん震災から何ほどもたっておりませんので、いろいろと当時の状況を伝える記述はあると思いますけれども、さし当たってわたくしが思い出すところでは、こういったところであります。

そんなに古い時でなく、わずか二十年三十年、ついこの間ではないかというようなことでありましても、いま時代がたいへん大きい変わり方をしておりますので、もとの姿というものはどんどん無くなってしまいます。それですから、本当についこの間の事件でも、やはりそれが資料として残さなければならないものでしたら、特別な配慮というものを必要とするのではないかという気が非常に強くいたします。

一年ほど前、わたくしは、『額田女王《ぬかたのおおきみ》』という題で、ある週刊誌に壬申の乱当時の歌人の額田女王を主人公にした小説を連載いたしました。これは資料と申しますと、主なものとしては『日本書紀』、『万葉集』ぐらいしかありません。それによって書く以外仕方がありませんが、学者の研究によって明らかなごとくこうした書物はいろいろなものが混じり合っていて、全部が全部信用することはできません。たとえ信用できない記述であっても、しかし、その信用できない記述の底にはなお信用しなければならないものもある場合もありまして、なかなか難しい。厳密な言い方をすれば、大昔のことはなんにも判らないということになる。その判らないことを書きますから、ずいぶん間違ったことも多いと思います。

しかし、判ることはなるべく判った上で書きたい。が、判らないことはいっぱいある。大化改新以後、まだ国力が充実しないのに半島へ出兵している。それからまた、あのころの日本に半島の国々から貢物を持った使者がたくさんきている。それほど日本、そのころの大和朝廷が大陸の民族にとってたいへんな存在であったかどうか、これも判らないと言えば判らない。判らないことだらけでありますけれども、そういう記述がある以上は、それを信用して書く以外は仕方がないのであります。

そうした判らないことの中でも一番わたくしが判らなかったのは、大和朝廷が浪速（大阪）に都を移したり、あるいは近江に都を移したりしますが、しばらくするとまた大和へ戻ってくる。いつでも大和へ戻ってくるということであります。どうして大和へ帰るかということは、実際に飛鳥《あすか》の地を踏んでみると、何となく判ります。飛鳥へはわたくしは何回も行っておりますが、ことし初めて、大和朝廷のあった場所として、そういう考えで飛鳥の地を踏んだのであります。そうしますと、あの決して広いとはいえない小平原に大和三山が散らばって、その奥のほうに飛鳥があります。決して都として最適な場所だとは言えない。しかし、あそこへ行って立ちますと、なるほど、これは大和朝廷の故郷、ふる里だなという気がしてくるのであります。

わたくしは伊豆が郷里でありますが、代々の者が郷里から離れて都会で暮し、年をとりますと、どういうものか郷里へ帰っていく。曽祖父もそうでありますし、父もそうであります。おそらくわたくしもまた郷里へ帰りたくなるのではないかと思いますが、大和朝廷というような大豪族、当時の天皇家であっても、やはり事情は同じではなかったかと思います。他に都を移してもやはりまた飛鳥の地へどうしても帰りたくなったのではないでしょうか。こういう考え方をしますと、飛鳥へたびたび都を造るということが、よく判る気がいたしました。

わたくしがこのように飛鳥を大和朝廷の郷里と感じましたのも、ありがたいことに、それほど大きくあの飛鳥の地が、その地形が、風景が、変わっていなかったためであります。耳成山《みみなしやま》とか、香久山《かぐやま》とか、いずれにしてもそう大きい山ではありませんから、ああいう山が崩されるのはわけもないことでありまして、崩されてしまいますと、もう大和朝廷のふる里の飛鳥というもの、昔の都の飛鳥というものはぜんぜん判らなくなってしまうと思います。もちろんたくさんの陵墓や都跡というものはありますけれども、やはりあの飛鳥の昔の都を取り巻いている山とか、丘とか、そうしたものが変わらないでそのままあること、飛鳥川は変わっておりますけれども、山は変わらない。あれだけは間違いなく昔のままであるということで、飛鳥の都というものが初めて気持ちの上でわたくしたちみんなに判ります。旅行で学生がいっぱい飛鳥へ行きますけれども、あの地形が変わっていないから、ほんとにここは昔の日本の都だったといっても、若い学生たちに納得がいくのではないかという気がいたします。

そうでありますから、どうしても飛鳥を、奈良の近くは仕方がないとしましても、あの飛鳥一帯の古い都跡だけは、あの自然だけはそのままにしておかなければならぬと思います。日本歴史のおおもと、古い都というものがとんでもなく地形が変わりまして、丘が崩されるとか、いろいろなことになりますと、これはたいへんなものを失うのではないかという気がいたすのであります。

それから、日本は今、何もかもがものすごい勢いで変わりつつあります。そうでありますから、小さい日本の国では昔からのものがどんどん変わったり無くなったりしております。戦後になりましてからはことにすごい勢いで変わっておりまして、何もかも跡形もなくなろうとしています。そういう意味では大陸に材をとりました歴史小説のほうが、日本に材をとったものより、むしろ書きいいのであります。異国ですから非常に書きにくいと思われるでしょうが、中国とかソ連は、国も大きいのであまり変わっておらず、昔のことを調べるにもずっとらくであります。

昨年〔一九六八年〕の秋、本にいたしましたが、『おろしや国酔夢譚』という作品があります。十八世紀末にアリューシャン列島に漂流してロシアに渡り、十年間いろいろ苦労して、当時のエカチェリーナ二世に拝謁して、じきじき帰してもらいたいということを希望して、日本へ戻ってきた漂流民がおります。大黒屋光太夫という人物で、この大黒屋光太夫の漂流物語を小説の形にいたしましたのが『おろしや国酔夢譚』であります。これはできるだけフィクションを排しまして、実際にあります記述だけを使って小説化いたしました。

大黒屋光太夫は漂流してロシアへはいりました日本人の中で最初の帰還者であります。それまで光太夫以外の漂流民でロシアにはいった者は何人かありますが、帰ってきたものはありません。十八世紀末の大黒屋光太夫がともかく母国に帰ってくることができた最初の幸運な漂流民であります。そうでありますから彼は十年間放浪したロシアのことを、こちらへ帰ってきまして将軍の前で物語ります。漂流の顚末を申し開きするわけであります。その申し開きを当時の文人である桂川甫周《ほしゅう》という人が記録いたしまして、それが今日唯一最高の資料として残っております。『北槎聞略《ほくさぶんりゃく》』という本であります。これは亀井高孝先生の校訂で一冊になっておりまして、わたくしたちが『北槎聞略』を云々しますす場合は、いつも亀井先生の校訂本を使うのが普通になっております。

言うまでもなく当時の日本は鎖国政策をとっておりまして、外国がどういう状態であるかということは、一般に知らせないことになっておりました。したがって光太夫の漂流の顚末を綴った『北槎聞略』も長く隠密の書として一般には流布されませんでしたが、しかし、よくしたもので、光太夫が語ったという『北槎聞略』の断片のようなものが何種類か流布されており、わたくしもその二、三のものに眼を通しております。しかし、完全にまとまったものは、言うまでもなく『北槎聞略』一冊であります。ですから、漂流民光太夫を書きます場合には、どうしても『北槎聞略』を根本資料にしなければならないわけであります。

しかし、これは漂流民が物語ったもので、しかも将軍家の前での申し開きでありますすから、語ったことがすべて真実であるとは言えません。日本の役人に疑惑をもたれたり、不快な感じをいだかれたりするようなところには配慮が加えられております。多少オーバーに表現したり、控え目に表現したり、いろいろな細工が施されていると思います。そうでありますから、それはそのまま信用はできないにいたしましても、そうした配慮の加えられていないところについての記述というものは確かであろう、とこう思うのであります。

日本の漂流民の研究は、日本ばかりでなくロシアも非常に盛んであります。ロシアの歴史学者、ことに東洋史学者の間では、日本とソ連との交渉史の研究が、一種のはやりになっている状態でありまして、光太夫を初めとする日本漂民に関する研究も幾つか発表されております。光太夫のことを書くとなると、そういう研究も一応調べなければなりません。というよりロシアにおける光太夫の行動を調べるとなるとロシア側の資料によるより仕方がないところがあります。また光太夫が流浪したシベリアは、どうしても書かなければなりませんが、これも厄介です。シベリアというところを横断した漂流民は光太夫の前に何人かありますが、ごく少数でありますが、ロシア側の記録にそういう日本人の名前が出ております。名前だけで、もちろん詳しい記述はありません。光太夫のときになって初めてシベリア横断の模様がはっきりしてくるわけであります。光太夫はオホーツク、ヤクーツクを経てイルクーツクにはいり、そこに滞在中に当時のペテルブルグいまのレニングラードまで往復しております。余談ですが、光太夫のあとシベリアを横断しましたのは、やはり漂流民である津太夫ですが、これは記録らしい記録としては残っておりません。

光太夫の次にロシアに関する旅行記を残した人は榎本武揚《えのもとたけあき》でありまして、これは明治十一年に外交官としてシベリアを横断しております。その次は明治二十五年の福島安正、福島中佐の「単騎シベリア横断記」〔『伯林より東京へ単騎遠征』〕という本は有名であります。その次はそれにすぐ続いて玉井喜作という青年が、隊商の仲間入りをいたしまして、満洲からシベリアへはいり、そうしてペテルブルグまで行っております。これが四番目。五番目に広瀬中佐であります。そうした人々が綴った旅行記はまあ一応全部正しいものと見ていいかと思います。

それらの旅行記によりますと、全部川筋を伝っての旅行でありまして、一つの川の合流点から次の川へはいり、それを遡《さかのぼ》って行って、それからまたほかの川がそこへ併さっている地点で他の川へ移って行きます。そしてそこをくだって行って、またほかの合流点から、他の川を遡って行くといった方法がとられております。非常にじぐざぐに川筋を伝わっての旅ですが、冬は橇《そり》、夏は船ということになります。こうしたシベリア旅行記を読むと、初めて光太夫の十年間の流浪がどんなものかはっきりしてまいります。

シベリアにノボシビルスクという大学の町がありまして、ロシアの科学アカデミーの本拠はそこにあるのではないかと人が思うくらい、学問の都としていま有名になっておりますが、わたくしはそこへ行きまして、ごく簡単にできると思いまして、地図に十八世紀の末のシベリアの道を書きこんでくれと、こう申したのでありますが、これはとんでもないしろうとの質問でありました。数人のちゃんとした学者が出てきまして、何時間か時間をくれといいまして、調べてくれたんですが、よく判りません。十八世紀末のこの年からこの年はこの川に沿ったはずだが、そのあとは判らないといったような答えの仕方なのであります。全部が川筋の旅である以上、日本式にシベリア街道というような一本の道を想定いたしますことは間違いになってしまいます。大勢の商人たちが往復したシベリアの街道を色鉛筆で地図の上に引いてくれと頼みましても、それができないのは当然なのであります。

しかし、それにしましても、そういうシベリアの旅にしろ、なんとか書けますのは、シベリアが変わっていないということのためであります。イルクーツクは十倍の人口になって、当時三万がいま三十万になっておりますけれども、イルクーツクの町は、光太夫の泊っていた、また光太夫が関係していた学校のあとまで判っております。それから光太夫の一行の中で死んだ漂流民を葬った墓地の場所までも判っております。もちろん墓はありませんし、墓地の一部は公園になっておりますけれども、それでもその場所は判っております。そういうことはイルクーツクがあまり変わっていないためだろうと思います。

それから、レニングラード、当時の都のペテルブルグへ行ってみますと、これは戦争で完全に破壊されましたが、昔の町並に全部復興しております。そうでありますから、そういう町の状態を調べる上にはレニングラードが一番たいへんだろうと思いましたのに一番簡単でありました。ネバ川にかかっております橋の位置が、光太夫時代とは変わっているくらいで、名前こそ違え、町並みも昔のままですし、当時の顕官の屋敷まで遺っております。

これがまた沙漠へ行きますと、もっと変わっていません。中央アジアなどはたいへんな興亡を繰り返して、まるで変わっているのではなかろうかと思いますけれども、行ってみますと、十三世紀、十四世紀、十五世紀ぐらいの遺跡はそのまま残っております。そのころの遺跡で、そのころから崩れだしたまいまだに崩れながら残っているものもあります。

ひと口にいいまして、このようにロシアなどは変わりませんが、そういうところに比べましたら、わたくしたちの日本はものすごい勢いで、較べものにならないほどの変わり方を見せております。一年一年で変わっております。そうでありますから、そういう中で大切なものをどうして、どういう形で残そうとか、これだけは変わらさないでおこうとか、そういう仕事をすることは本当に大切であると同時に、たいへん難しいことと思います。

それからこんどは文書についてでありますが、『北槎聞略』は、さきほど申しましたように、あるところはオーバーに表現し、つごうの悪いところは隠してしゃべらない、というような操作もあろうと思いますが、ちゃんと話して別にさしさわりのないところは、驚くほど正確に話してあります。しかし、一漂流民の見聞ですので、きちんと話してあることが全部正しいかというと、現地へ行って調べますと、間違っているところも何カ所かあるわけであります。異国の旅行者が国へ帰りたいだけの気持ちで、オホーツク、ヤクーツク、そしてイルクーツクからペテルブルグへと、苦労の多い旅を続けたのであり、そしてその間に自分が見たり聞いたりしたことをこちらへ帰ってきてからしゃべったのでありますから、間違いがはいってきて当たり前であります。

ただ、光太夫という人は非常に頭のいい人で、記憶がよくて、『北槎聞略』をロシアの学者に見せますと、十八世紀のイルクーツクの風俗資料としたら、これ以上のものはないといっていいくらいだと、たいへん感心しておりました。

さて、『北槎聞略』を根本資料として小説を書きます場合、実際に現地に行って調べませんと間違いは発見されません。『北槎聞略』をそのまま信用して書いて行くわけには行きません。

『北槎聞略』の記述で、どういうところが間違っていたか、一、二例を引いてお話してみます。光太夫はペテルブルグへ行きまして、ときの天子であるエカチェリーナ二世に拝謁いたします。拝謁した場所は今のレニングラードから三、四〇キロの郊外の夏の離宮であります。光太夫は五階の建物で非常にりっぱだったと、詳しく語っておりますが、実際はこれは三階建てでありまして、地下を入れましても四階しかありません。それから、光太夫がエカチェリーナに会いました部屋は「赤と緑のだんだらの大理石の部屋だ」となっており、そこへ数百人の人が居竝んでいるという記述がありますが、ツァルスコエ・セロへ行ってみますと、数百人がはいれる広間は一つしかない。しかし、そこは全部金箔の間でありまして、いかなる者でもそこへはいったら金の印象しか受けないはずであります。「赤と緑のだんだらの大理石の部屋」という印象は受けようはずはないのであります。その離宮の入口は中央にありまして、中央の階段をのぼりまして、右へ行きますと、いま申し上げた金箔の大広間があります。反対に左手へ行きますと、中広間があります。数百人の人が居竝べる部屋となると、大広間以外ではこの中広間しかない。この中広間が光太夫のいうところの部屋かと思いましたが、この部屋は絵画の部屋と呼ばれていて、当時のヨーロッパの油絵が、そうたくさんではありませんけれども、壁画を飾っております。ただ、その絵画の部屋である中広間へ行く途中に、赤い部屋と白い部屋と緑の部屋があります。緑の部屋は緑色の石で飾ってあり、柱も壁面も置物も緑色であります、それから白の部屋というのは、琥珀でできており、柱も、壁も白一色でつくられております。

そうでありますから、本当は光太夫の赤と緑の部屋というのは、光太夫が白い部屋、緑の部屋、赤い部屋を順々に通って行き、その印象がごちゃごちゃになったのではないかと思います。異国の一漂流民が時の権力者エカチェリーナに会うのですから、これはもう気持ちも動転していたでしょうし、興奮してしまっていたに違いないと思われます、そう思ってみますと、その記述の間違いというものは理解できるわけでありまして、いかにもそういう間違いの間違え方というものが、漂流民の記述らしいあるリアリティをもってくるということになります。

それから、またロシア正教の有名な僧侶の遺骸がミイラになって、イルクーツクの郊外の寺院に保存され、そこには春秋にたいへんな人が集まってお祭りをするということが、『北槎聞略』には記されてあります。歳月を経てもなお生けるがごとくだというようなことが書かれてあります。が、イルクーツク並びにその近郊には、十八世紀末、あるいは十八世紀中ごろからそういう高僧のミイラというものはないのであります。ただイコンが、ニコライという高僧のイコンが、バイカル湖畔のニコーラという村の教会にあって、遠近から大勢の参拝者が集まったという事実はありません。そのお祭りは春秋ともにたいへんで、遠方からの人で賑わっていたので、おそらく光太夫はその話を聞いてイコンをミイラと勘違いしたのであろうと思われます。「歳月を経てもなお生けるがごとし」と書いてあったのは、ミイラではなくて、イコンであったのであります。

わたくしはそのイコンを見に、バイカル湖からアンガラ川が流れだす流出口に臨んでいるニコーラ（これはニコライのイコンを納めた教会がある村という意味）という村へ行ってみました。問題の教会は現在もあって、確かにそこには昔、神僧ニコライのイコンがあったそうでありますけれども、今はなくなっているということでありました。イコンは隣村の教会へ移っているということでありましたので、そこへも行ってみました。そういたしましたら、そこにはニコライのイコンの写しがあって、ほんもののイコンはいつなくなったか判らないように消えてしまっているということでした。その日はちょうど教会の何か小さいお祭りの日に当たっていて、大勢の部落の男女が集まっておりました。みんなが、口々に、イコンはいつ消えたか判らないように消えてしまったといっておりました。仕方がないので、そのニコライのイコンの写しというものを、写真にとってまいりました。これなども漂流民の間違いやすいようなことではなかろうかと思います。

それからまた、イルクーツクからヤクーツクへ行きますのに、レナ川をくだりますが、レナ川で一番大きいヤクート人の集落のことが『北槎聞略』に出ております。十何日も川船の旅を続けて、その集落の波止場へ着く、そういうことが書かれておりますけれども、しかし、その集落が現在どうなっているか、イルクーツク大学と科学アカデミーの支部の人たちに調べてもらいましたけれども、いっこうに判りませんでした。大体そういう名の集落は現在はもちろん、そのころにもなかったというのです。そうして何日もいたしましてから若い学者がわたくしたちのところへきました。「判った、あれは二つの部落がいっしょになってしまっているんです。しかも、その集落の名前が今とは全然変わっているので判らなかったんです」とこういう返事でした。おそらくそれが正しい見方だろうと思います。

こういうことを調べないで、それをそのまま十八世紀の一つの集落として取りあげてしまいますと、こんどはロシアのよく調べている学者たちにとっては、とんでもない間違いをこの作者はしているということになるわけであります。一応外国のことでありましても、外国のことですからなおさら、調べられるものは調べなければならないということになります。

（一九六九年九月）

# 歴史小説と史実

きょうは岩波書店主催の講演会でありますが、私は岩波の雑誌「世界」に十年ほど『わだつみ』という小説を書いております。はじめは二、三年くらいで終わる予定で、またそういう約束で書き出したのでありますけれども、ひじょうに調べることが困難で、いまだにまだ続いております。これはアメリカに渡りました日本の移民の歴史を取り扱ったもので、年代でいいますと、明治三十七、八年から終戦後二、三年までを書く予定でおります。書き出してから十年になりますけれども、まだ大正九年くらいまでしか書いておりません。

何回か調べにアメリカにもまいりました。サンフランシスコの明治三十九年の大地震の模様だとか、大正四年のパナマ・太平洋博覧会、あるいはカリフォルニアのフレズノ附近の農民の仕事や生活など、それからまた、その時期、時期における排日の実体など、大体において移民史の真ん中を通っているものは排日運動であり、それによる影響と動揺が日系移民の歴史になりますので、そういう調べもしなければなりません。自分だけで試みた旅行のほかに、二カ月ほどアメリカの国務省に招かれまして、移民の歴史を調べました。結局、小説は排日を真ん中に置いて、それに揺すぶられる日系移民社会を書くことになりますから、アメリカのほうの応援で調べることはむつかしいのではないかと思いましたが、そんなことはいっこう差支えないという話でありましたので、国務省に応援してもらって、その資料を集めました。しかしなかなか書きにくいので、筆が進まず、現在どうにか大正九年ころまで漕ぎつけております。じっさい考えますと、外国のことの書きにくいのはあたりまえでありまして、自分の経験したことのない時代と、自分の経験したことのない異国の生活というものはそう簡単に書けるものではないのでありります。

外国でなくて日本のことでも、少し古くなると書きにくいんでありますす。「世界」の連載の『わだつみ』のなかで、主人公の青年がアメリカへ渡ります前に、明治四十年に法隆寺へまいります。明治四十年といいますと私の生まれた年でありまして、私の生まれた年に、小説のなかの主人公が法隆寺を訪ねるのでありますが、その明治四十年の法隆寺がなかなか書けないのです。法隆寺へまいりまして、資料が少しはあるだろうと思いましたが、全然ない。写真一枚しかないのです。唐招提寺でも、東大寺でも、興福寺でも、おおぜいの学者が一生かかっても調べ切れないほどの資料があるのですが、法隆寺というのは、その点全く違っています。それほど当時はあまり重要視されなかったお寺のようであります。

明治十七年ですが、岡倉天心とフェノロサがはじめて法隆寺へ行きまして、蜘蛛の巣の糸を払って、夢殿の秘仏弥勒観音の箱を開けます。それまでは夢殿の観音さまは人目に触れていず、弥勒の箱を開けると雷が落ちると信じられていたので、それを開けることは大変です。寺ではなかなか開けさせてくれない。それを強引に開けますが、雷は落ちない。その時、お寺の人たちは遠くに逃げていたようであります。それが明治十七年でありますから、それから二十三年たった四十年を書こうと思うんですが、当時の資料というのはまったくないといっていいんであります。

お寺の持っている一枚の写真を見ますと、金堂がぼろぼろになって、そして境内の土が真っ黒であります。いま法隆寺へ行きますと、まっさきにこちらに来ます印象というのは、土が白いことでありますが、あれは大正の初めに木津川の砂利を細かくして、あそこへ敷いたためであります。いまのように法隆寺の地面が白いといった印象を持つようになったのはそのときからのことであります。

そういうわけで資料がお寺にないので、その当時、法隆寺へ行ったことを書いた人の紀行文でも捜さなきゃなりませんが、幸いに明治四十年ぴったりに法隆寺を訪ねた人がありました。俳人の虚子であります。虚子の小説『斑鳩《いかるが》物語』に明治四十年の春の法隆寺が出てまいります。これはありがたい資料でありまして、法隆寺の夢殿の前に三軒の旅館があって、その真ん中に大黒屋というのがある。その大黒屋へ虚子は泊まります。そしてそこの中二階から大和平野の一画を眺めますと、春でありますから、菜の花が咲いている。麦畑がある。そして梨の白い花も見える。燈心草《とうしんそう》の水田もある。そうした眺めを書いておりまして、いまではちょっと想像ができないんでありますが、虚子が行ったときはそういう眺め。六時になると夢殿の鐘が鳴って、しばらくたつと、村のどこかで機《はた》を織っているその筬《おさ》の音が聞こえてくる。こういうことを書いております。たいへん静かな法隆寺界隈の夜が虚子によって書かれております。このおかげで、明治四十年に私の小説の主人公が法隆寺に行ったときの夜というものは、虚子が書いているような静かな機織りの筬でも聞こえてくるようなそんな夜でなければならない、そういうことがわかります。虚子のこの小説がないと、明治四十年の法隆寺界隈の夜はたいへん書きにくい。

それからさらに捜しますと、四十一年に里見（弴）さんと志賀（直哉）さんと、木下利玄の三人が行っている。里見さんは二十一歳。木下利玄は大学生、志賀さんはもう大学を出ている。そして朴歯《ほうば》の下駄を履き、こうもり傘をさげて法隆寺を訪ねておりますが、そのときの紀行が里見さんにあります。里見さんはそれを『若き日の旅』というエッセイ集に収めておりますが、これは法隆寺界隈がどういうところか、そういったことにはいっさい触れていず、ただ一つありがたいことは、いま大宝蔵殿に収められております百済観音と玉虫厨子を、金堂で見たことを書いてあるんであります。たしかにあの宝物館ができていない当時は、百済観音や玉虫厨子は、どこへ収めるというところもないから、結局金堂にあったはずなんでありますが、里見さんにそう書かれてはじめて気がつくのでありまして、里見さんの法隆寺を訪ねたときの文章がないと、そういうことはそこまでは思いが至らないんであります。里見さんのおかげで私は主人公を明治四十年に法隆寺に訪ねさせ、虚子の書いた静かな夜を経験させ、そして里見さんの紀行によって教えられた金堂において――いまは焼けて新しいのができておりますが、あの金堂において玉虫厨子と百済観音を見さしております。このように明治という時代を知る上には、当時のことを書いた小説が役に立つようであります。そうしたものが、今日、その文学的価値とは別に、風俗資料的価値をもちはじめているといえるかと思います。

それから、この頃の京都、大阪を書くというのもひじょうに厄介でありますが、それでも資料がないわけではなく、作家で捜せば、谷崎（潤一郎）さんもありますし、漱石もあります。木下杢太郎の『京阪文献録』も京都、大阪を書く上には貴重な資料で、これは明治四十三年の執筆です。しかし、同じ関西でも、神戸となるとひじょうに困るんであります。これはモラエスしかない。モラエスは、明治三十二年から大正二年まで、十五年間神戸、大阪に住んでおります。外人でありますし、日本が好きで好きでたまらなくて、とうとう日本で後半生を過ごして骨を埋めてしまう。そういう気持になった人でありますから、感心したことはみんな書きつけております。

湊川神社の祭礼なども克明に書いています。明治時代の湊川神社の祭礼となると、ちょっと調べることは難しいんでありますけれども、それがモラエスによってひじょうにリアルに細かく記述されています。それからその当時神戸の寺では、四月八日のお釈迦さまの日に甘茶のお祭があった。それについても書いています。どのお寺でも花御堂をつくって、そこへ子供たちが行って甘茶をもらっている。そして大人たちの、そこへ参詣するには竹の筒を持って行って、子供たちにわずかなお金を払って甘茶をもらう。花御堂の横には薺《なずな》の店と卯の花の店があって、大人たちはそこへ行って薺と卯の花を買って、そして葬う人の戒名をそれに添えて花御堂に納める、こういったことが克明に書かれてあります。これは『シナ・日本風物誌』という本だったと思います。いずれにせよ、日本の風俗資料を丹念に集めたモラエスの著書に『大日本』、『シナ・日本風物誌』の二冊があります。

それからこんなことも書いている。布引の滝へ行くと、たいへんきれいな若い娘さんが二人いた——そんなことを情熱をもって書いているんですが、その布引の滝がこわされることになって嘆いております。なぜこわされることになったかといいますと、布引の滝の水を引いて、神戸の水道の水源地にすることになったのであります。そのころ東京と大阪と長崎にしか水道がなかったのが、四番めに神戸にできることになったのでありります。モラエスはひじょうに嘆いております。これでもうあの世界のどこにもなかったすばらしい井戸端会議がなくなるし、それから路地路地にあった共同の井戸もなくなってしまうと嘆いております。それにしても、神戸の水道がいつ布《し》かれ、どのようにして布かれたか、その周辺のことは、彼のそうしたエッセイから一番よく窺えるんではないかと思います。モラエスの本などもやはり明治という時代の風俗資料としての価値をひじょうにたっぷりもっている本ではないかと思います。

　明治でもそのくらいでありますから、もう少し古くなりますと、これは全然わからないんであります。わからないのが当然でありまして、古い時代のことはわからない。古い時代のことはわからないとしますと、古い時代が書けないから、まあまちがいない史料として専門の歴史学者が決めている、謂ってみれば一級資料とされているものを参考にさしてもらって、そして小説というものを書くわけであります。ただ、小説家の場合、史料にたいして多少専門学者とはちがったアプローチの仕方があるんじゃないかと思います。

私自身の作品について申しますと、先年、『おろしや国酔夢譚』という小説を書きました。これは十八世紀の末に伊勢を出て江戸へ向かう途中で難破した船のりたちのことが取り扱われています。難破した船はアレウト列島のアムチトカ島に漂着いたします。アメリカの原爆の島であります。漂流民たちはロシア人の商人に救われまして、カムチャツカに移り、シベリアに渡り、そしてヤクーツクを経てイルクーツクに入ります。はじめは十七人でありましたが、次々に死んでゆきまして、イルクーツクに入ったときは六人であります。その一団の漂流した人たちのなかで一番の頭が大黒屋光太夫といいますが、これがレニングラード、当時のペテルブルグへまいりましてエカチェリーナ女帝に謁し、そして帰国の願いを出します。それがようやく聞き入れられて、日本へ帰ることができたのであります。異国へはいった漂流民で、日本に帰ることができた第一号であります。当時ロシアでは、日本の漂流民は日本へかえさないで、日本語学校の先生にしようとしていました。そして日本語をおぼえる者を何人かつくって、そのうえで日本と通商協定を結ぼうというわけであります。だから、漂流民は一人もかえさなかった。

しかし光太夫の場合は、たまたま漂民を送り返すということに便乗して、友好使節を送り込もうという、そういう考えがロシアの為政者たちの間に起こった、そういうときであります。イルクーツクに入った漂民は六人ですが、結局イルクーツクでも一人亡くなり、二人はイルクーツクのロシア人と結婚しまして、日本へ帰れなくなる。三人だけ帰りますが、三人のうち一人は根室で亡くなります。そして漸く江戸へ入ったのは二人であります。

江戸へ入って、当時鎖国時代でありますから、将軍家の前で取調べをうける。一つ一つ答えます。それを、当時の世界通といっていいかと思いますが、桂川甫周《ほしゅう》がノートいたします。将軍家の前で本人が十年間の漂流の顚末を語り、そしてそれを一応異国の事情に詳しい桂川甫周がノートする。こうしてできた記録は、まあ一応一等史料といっていいものではないかと思うのであります。これが鎖国時代でありますから一般には公表されませんでしたけれども、それには『北槎聞略《ほくさぶんりゃく》』という題が付けられ、その一部や、その写しだというものが巷間に流れておりました。亀井高孝先生が学生時代に原本か、原本に近いものを古本屋で発見されまして、後年それに註を加えて出版されました。今日、私たちが『北槎聞略』を眼にすることができるのは、亀井先生のお蔭です。これは、その当時その主人公が、自分が漂流しました放浪の十年間を自分の口で語った記録ですから、まあまちがいない資料であります。

しかし、いろんな意味で全くまちがいがないわけではない。たとえば、取調べの時、ロシアという国はどういう国か、よそと事を構えたことがあるかという質問があります。光太夫は、そういうことを聞いたことはありません、ひじょうに穏やかな国で、戦争をしたことはないと答えております。しかし、光太夫がレニングラード、当時のペテルブルグへ行きましたときは、ロシアとトルコの戦争の真っ最中でありますから、トルコと戦争しているということを知らないはずはないのであります。これは光太夫自身の思惑から実際のことを答えていなかったと、こう見るほかはありません。

そういう訂正しなきゃならないところが幾つかあります。自分はイルクーツクにいるとき、バイカル湖畔にニコライというひじょうに偉い坊さんのミイラがあって、それは七百年も生けるようだったと答えております。しかし、むこうへ行きまして、イルクーツク大学や科学アカデミーに調べてもらいますと、当時ミイラというものはないのでありまして、そのミイラに相当するのは、ロシア正教のイコンでありました。イコンといいますと、祭壇わきに掲げてある高僧たちの肖像画であります。イコンであってミイラではない。実際に、バイカル湖畔にニコーラという村があり、そこにニコライという高僧のイコンを持っていたというお寺がありました。従って明らかに、ミイラというのはまちがいですが、このまちがいはどこから起きたか。おそらくは桂川甫周が、光太夫の話の中に出てくるイコンを、自分の判断でミイラと改めたのではないかと思います。桂川甫周はイコンは知らなかったにちがいない。イコンの話が出たとき、それはミイラにちがいないと思って、ミイラに改めたんだろうと思います。

それからもう一つ申しますと、光太夫がエカチェリーナ女帝に会ったツァルスコエ・セロの離宮内の部屋についての誤りです。光太夫にとっては、帰国の願いが聞き入れられた思い深い部屋であります。この離宮はいまはプーシキン博物館になっておりますが、当時はツァルスコエ・セロという名で呼ばれていた女帝の夏の離宮であります。光太夫はそこでエカチェリーナに拝謁を仰せつかったわけでありますが、その部屋のことを、侍女が数十人花飾りを持って立っていて、四、五百人の文官や武官が居竝んだ大きな部屋であり、そして赤と緑の斑文のある大理石で飾った部屋だと書いております。その離宮へまいりますと、そこの二階には五十五の部屋がありまして、その五十五の部屋のなかの一つが光太夫がエカチェリーナと会った部屋でありますが、そこに書いてあるような四、五百人の人が居竝び、侍女も数十人はいる、そういう部屋は二つしかない。一つは大広間でありまして、そこは外国からの使者などを引見した部屋でありますが、そこは金の部屋でありまして、全部金で塗りたくってありますので、いかに興奮していても金の印象しか受けないのであります。もう一つの部屋は絵画が竝んでいる部屋でありまして、エカチェリーナがお金にあかせてヨーロッパから買った絵画が竝んでいる。この二つの部屋以外にはおおぜいの人が入れる部屋はないのであります。いまそこの離宮は博物館の名で呼ばれておりますが、ただ建物そのものが博物館になっているだけで、調度類が往時のまま竝べられてあります。各部屋を見せて貰ったあとで、そこの女の館長さんといっしょに、一体どこから『北槎聞略』の記述のまちがいが起こったのだろうかと考えてみました。館長さんはおそらく日本漂民が引見されたところは絵画の部屋であったのであろう、そこへ行くまでに、儀式用食堂、赤柱の間、緑柱の間、肖像の間、琥珀の間といった部屋部屋があり、そこを通って行って中広間の絵画の部屋へ入ったので、光太夫は何もかも混乱してしまって赤と緑の斑文があるといったような印象を受けたのではないか、こういうことでありました。おそらくそれにちがいないと私も思いました。

小説では、ほかのまちがいはすべて訂正だけしておきましたが、この謁見の間のまちがいはひじょうにおもしろいまちがいでありますから、そのまま作品のなかへ使わしてもらいました。光太夫はエカチェリーナに会ったあと、離宮から退出して宿舎へ帰る。そしてすぐ日記を書く。その日の感動を記述しておく。そのときまちがった文章を書いてしまう。そして彼に文章を書かしたあとで、作者の私が顔を出します。彼はひじょうに興奮していたので、この日一つのまいがいを犯した、そういう訂正を作品のなかで、作者の私がしております。これは黙って訂正してしまうにはひじょうにもったいない誤りであります。まあ、このように絶対にまちがいない一級史料だと思いましても、小説を書く場合にはそれを具体的に取り扱わなければならないので、小説家の立場から調べなければなりません。調べると、時にそういうまちがいが出てまいります。

史料というのは、どこから出てもまちがいないかといいますと、そうでもない。最近よく高松塚古墳の壁画と並びまして、中国の永泰公主《えいたいこうしゅ》の墓にかかれていた壁画が同じ色刷りの写真で並べられることがあります。図柄がひじょうによく似ているので、永泰公主の壁画とどういう関係があるか、そういうことを専門家が調べております。私は偶然ですが、十一年前に、まだ一般に公開していないときに、昔の長安、いまの西安へまいりまして、その郊外で永泰公主の墓を見せてもらったことがあります。

私は小説に『永泰公主の首飾』というのを書いておりますが、これは盗掘者を書いたものであります。ここではそれとは関係なく、その墓に葬られていた永泰公主なる女性について申します。この女性は則天武后の孫娘であります。則天武后は、ひじょうにたくさんの肉親のものを殺したたいへんな専制女帝であります。さきほどのエカチェリーナもややこれに似ております。両方とも啓蒙的な専制女帝。その時代はよく栄えましたけれども、彼女がやっていることはたいへん批判されるべきことであります。その則天武后、おばあさんの悪口を十七歳のお孫さんが言いました。それが永泰公主で、結婚したばかりでありますが、若い夫とすぐつかまりまして、むち打たれて死んでおります。いわゆる杖死刑で杖で打たれて死んでおります。これはまちがいない正史にのっている事実であります。

ですから、これを否定することはできないのでありますが、永泰公主の墓を掘ってみましたら、ちがったことが墓石に刻まれておりました。大体永泰公主がむち打たれて死んだとき葬られたのはこの墓ではありません。いったん長安の郊外へ葬られたのでありますが、則天武后が亡くなり、永泰公主のお父さんが位についたとき、彼は自分の娘を不憫《ふびん》に思って改葬いたしました。それがいま壁画が問題になっている永泰公主の墓でありますが、その墓の石棺の入っている部屋の前の部屋に、碑銘を書いた大きな石が横たわっております。それに永泰公主はお産で死んだと刻まれてあります。もし、永泰公主が則天武后の怒りにふれて杖死させられたという疑うことのできない正確な記述がなかったら、お墓のほうを採ると思います。しかし正確な記述があって、これだけは疑うことのできない事実でありますから、お墓のほうが嘘だということになります。その嘘は、おそらくお父さんの権力者の、不幸な死をとげた自分の娘への愛情からなされたものではなかったかと思います。そうでありますから、墓から出てきた言葉だからといって、必ずしも信用できるわけのものでもありません。

これは余談でありますけれども、永泰公主の墓はもちろん盗掘されておりまして、その侵入路は小さい築山になっていた墓のてっぺんから、柩《ひつぎ》の部屋へ通ずる羨道《えんどう》の真上にまっすぐ掘り下げてありました。ひじょうに勘のいい掘り下げ方でありまして、そのくらいですから、なかは全部盗掘されております。そしてその掘りましたとき、盗掘者が入って出て行くべきその穴の下に、盗掘者の一人と思われる者の骨があって、附近に宝石がちらばっていたそうであります。ということは、最後の盗掘者の一人が仲間から閉じこめられてしまった。きっと平生から欲が深くて憎まれていた仲間であったろうと思います、いちばん最後に宝石を持って来るくらいですから。それを仲間が蓋を閉めちゃったので、どうしようもなくなって死んでしまった。

これは余談でありますが、とにかくそういう永泰公主の死についても、お墓から出てきた墓碑銘は偽りだった。ちょっと考えさせられる事件であります。

こういうことはひじょうにたくさんあるのではないかと思います。いずれにしても、史料というものもそれぞれ、いろいろな性格を持っております。

次に話題をかえまして、最近親鸞のことでちょっと考えさせられたことがあります。二、三年前に親鸞の誕生八百年慶讃法要が営まれましたが、その時「親鸞讃歌」というものを交響楽にしたいので、その歌詞を書いてくれないかと頼まれて書いたことがありました。私は親鸞については全く何も知りませんでしたが、そのとき、親鸞のことを小説家としてごく大まかに調べました。そしてオペラ風の歌詞を作りましたが、そのとき、ちょっと書きにくいなと思いましたのは、親鸞は、ご存じのように京都へ晩年ひっこみまして著述時代に入り、九十歳で亡くなっておりますが、その六年前に長男の善鸞に義絶の手紙を書いております。若いとき布教しました関東に真宗関係の教団がいっぱいできまして、それぞれの教団の言っていることがちがう。まちがったこともたくさん言っている。それを是正するために、正しいは正しい、間違いは間違いと訂正するために長男を派遣しますが、長男の善鸞が権力を持った教団と結びつきます。はじめはそういう噂《うわさ》を信じませんでしたけれども、のっぴきならない証拠をつきつけられたときに、親鸞は子供に義絶の書を書きます。それが有名な「善鸞義絶状」でありますが、それには、きょうから自分は父親でない、おまえは私の子じゃない、「弥陀」ということばは使ってありませんが、もう弥陀に申し上げてしまった、悲しきこととなり、申し上げてしまったから、取り返しがつかない、いくら改心しても、どんな高僧になっても、親子の縁は切れてしまったんだという意味の手紙でたいへん厳しい親鸞であります。親鸞にとっては生涯での壮絶な事件であります。

これは親鸞を解釈する上に少しも困ったことではないんでありますけれども、しかし、ともかく、善人でも救われる、ましてや悪人が救われないであろうかという親鸞の説いた真宗の根本の教理というものとはうらはらになってしまっておりまして、どんなことがあっても、もう許さないということであります。しかし、それは親鸞というたいへんえらい宗教家の人間としての面が出ているので、小説に取り扱う場合には、一応その説明をしないと取り扱いにくい、そういう事件ではないかと思いました。これも小説に書かない場合でしたら問題はなくて、たしかに親鸞が何歳のときに善鸞にこういう義絶の書を送ったと、それだけでいいんでありますが、もしも小説に取り扱うとなりますと、そこで親鸞の解釈というものも多少複雑になってくるかと思います。

それからまた、これもだいぶ前でありますが、『蒼き狼』という題の小説を書いたことがあります。これは主人公が成吉思汗《チンギスカン》でありまして、成吉思汗の生涯というものには、史料は二、三冊しかありません。『元朝秘史』とか『蒙古年代記』とか、『蒙古源流』とか、ごく僅かしかないんでありますが、まあみんな『元朝秘史』がもとになっていますので、それによって書く以外にしようがありません。専門家もみんな史料としては『元朝秘史』による以外に仕方がなく、それをもとにして外国の学者も日本の学者も研究していると思います。小説に書く場合にも、それに拠らなければならないんでありますが、これはどこがまちがっているか、どこが正しいかと調べようはない。もともと叙事詩でありまして、まあ一応それを正しいものとして取り上げて小説に書く以外に仕方がないんです。

そのなかに、一つだけちょっと困ったことがありました。それは、成吉思汗は何人かの妃をもっている。それぞれに子供がありますし、正妻にももちろん子供ができております。いずれも秀才たちで、成吉思汗のあとに続いた歴史を書いている人たちでありますす。

成吉思汗の後宮の一人に忽蘭《クラン》という妃があります。『元朝秘史』に忽蘭の名が出てくるところは四ヵ所しかなくて、その四ヵ所はいつも成吉思汗が忽蘭を戦場に伴ってゆく記述でありまして、たくさんの妃のなかから一人だけ戦場へつれて行くというのですから、まあ特別な愛情をもっていたと解釈して自然ではないかと思います。ただ、その二人の間にガウランという子供ができますが、それについては殆ど記述がない。ほかの妃との子供たちは、全部成吉思汗の子供、つまり王子という立場から人生を出発さしておりますが、忽蘭との間にできたガウランという子供には何の記述もありません。ただ一ヵ所、雑兵のなかに入って、ふたたび現れることはなかったというようなことがあります。

成吉思汗を書きます場合に、史実小説といえるような小説にはならない。一応は史実はふまえますけれども、結局はロマンの形をとらざるを得ません。私の小説では忽蘭という妃を女主人公にしてあります。ただ、忽蘭と成吉思汗の間にできたガウランが雑兵のなかに入ってふたたび現れないということの解釈でありますが、これには困りました。まあ、勝手に解釈させて貰うしかない。

私は四人子供がありますが、自分の経験から、子供が就職するときに、父親である私は子供のために就職の世話もしてやりますし、使えるのなら親の立場を使って世の中へ出たらいいと、こういう考えを持っています。これだけめまぐるしい世の中でありますから、そうでもしなきゃなかなか世の中に立っていけない。子供は親を使えるなら使ったらいいじゃないかという考え方でありますが、ときにはそうでない考え方も頭をもたげます。いちばん下からやってごらん、何も親に頼らずに、自分でやりなさい、と言いたい時があるんであります。私ばかりでなくて、世の父親の全部がときにもつ一つの思いではないかと思います。ただそれは白昼夢のようなものでありまして、それを実行に移すことはできない。結局のところは手をかすことになりますが、しかし、父親というものはそういう気持をもたないでもないんであります。どの父親でもきっと一回や二回はそういう気持をもつにちがいない。

そういう父親のときに心をかすめる不思議な白昼夢みたいな思いを、私は小説の中で成吉思汗に代表して実行してもらいました。成吉思汗は自分が特別な愛情をもっている忽蘭との間にできた子供、ガウランを、名もない雑兵の階級に投げ入れます。さあ、お前はそこから、自分の力で自分の人生を切り開いて生きてごらん、父親の自分もそうしたのだ、こういう成吉思汗の気持です。

ただ不幸なことには、ほかの王子たちは全部成吉思汗の後継者として大きく歴史を書く人物になりますが、ガウランの場合はそうならないで、夭折しましたのか、どうしたか知りませんけれども、ふたたび世の中へ出てくることはなかったのであります。こういう解釈をいたしましたが、もちろん小説家の勝手な解釈です。

四、五年前に『額田女王』という小説を書きましたが、額田王というあの王朝の女流歌人でいちばん有名な歌は、大海人皇子と取り交わした歌であります。恋歌でありまして、額田が近江の蒲生野《がもうの》でおこなわれたハイキングの日に大海人皇子に歌をおくっている。「あかねさす紫野行き標野《しめの》行き野守は見ずや君が袖振る」、紫草の咲いているそのハイキングの場所であの人は手を振った、森番は見ていなかったのであろうかと、ふつうこういう解釈をされている歌であります。それに答えて大海人皇子が「紫草《むらさき》のにほへる妹を憎くあらば人妻ゆゑにわれ恋ひめやも」、紫草の匂うような美しいあなたをもし憎かったら恋さない、憎くないから、人妻であろうとなかろうと、恋さずにはいられないのだと、たいへん不貞な歌であります。

なぜ不貞かと申しますと、このとき額田は天智天皇の後宮へ入っております。そして歌を送った大海人皇子は天智天皇の弟であります。と言って、大海人皇子と、それまで無関係であったわけではない。十何年前は大海人皇子の愛人でありまして、その間に十市皇女という、そのころもう娘になっている子供をもっています。そういう関係ではありますが、額田はいまはお兄さんの天智天皇の後宮へ入っている。たいへん複雑な関係です。近江の蒲生野のハイキングのときに、額田はたまたま曽ての愛人である大海人皇子、後の天武天皇でありますが、大海人皇子に会いまして歌のやりとりをした。そうでありますから、江戸時代から、壬申の乱の遠因はこの歌がよく物語っている、こういう不貞な歌が取り交わされていたから壬申の乱は当然起きたんだと、江戸時代の一部の国学者はそういう見方をしております。そうでなくて単なる媚態だというのは「アララギ」派の歌人たちで、曽ての愛人たちがたまたま会って示したたいして意味もない媚態にすぎないと、こういう解釈をしております。

本当の不貞な恋歌か、さして意味のない媚態の表出か、この二首の歌のもっている心の読みは、人それぞれで違いましょう。小説家の私もどう取り扱ってもいいんでありますが、ただ困るのは、それが『万葉集』に載っていることであります。

天智天皇が蒲生野に遊猟なさった時、額田王が作った歌だと断り書きがしてあって、そのあとに、「あかねさす紫野行き標野行き」の歌が載っている。そして大海人皇子がそれに対して答えた歌として、「紫草のにほへる妹を憎くあらば」の歌が載っています。国で編纂しました『万葉集』に堂々と、少しも暗いところのない形で載っているのでありまして、ひそかに取り交わしたものでしたら、そういうものに載るはずはないと考えられます。それで小説を書く場合にひじょうに困りました。小説に取り扱うとなると、具体的に書かなければならない。一体蒲生野の遊猟のときに、どこでどうしてその歌を大海人皇子に渡したか、あるいは聞かせたか、また大海人皇子の方はその歌にたいする返歌をいついかにしてよこしたのか、こうなりますと、どうもたいへん難しくなる。

私は、これはそれ以外方法はなかったんでありますが、蒲生野のハイキングが終わりましたその晩に、大きい宴会があったとして、それを問題の歌の発表の場に想定しました。おおぜいの女官も、文官も、武人もみなそこに集まっている。そしてその席で、参会者はその日に自分が味わった、あるいは感じたことを歌に作って発表する。そのときに額田も発表し、大海人皇子も発表する。もちろん、その席には天智天皇も居なければならない。こうなると、当然、二首の歌の心というものは異ってきます。たいへん独断的でありますが、私は私流の解釈をしました。

二首とも、天智天皇を意識し、天智天皇に聞かせる歌だという解釈であります。額田は天智天皇にたいして、きょうこういうことがありました、あなたの弟さん、かつては自分の愛人であったあの方は、私に手をお振りになりました、森番が見てないかとはらいたしました、でも、こんなことを申し上げても、あなたには判っていただけるでしょう。だから申し上げたんです。大海人皇子の方はそれにたいして、やはり天智天皇を意識した歌を発表する。あの美しい額田があなたの後宮に入り、あなたの妃であることはよく知っているが、あれだけ美しかったら、手ぐらい振りますよ、そのくらいのことは大目に見て下さい。こういう歌の心である。そこで聞いている天智天皇をちゃんと立てている。あれだけ美しければということで立てておりますし、それからまたあなたの妃であることは百も承知ですが、でも、あれだけ美しければ手ぐらい振りますよ、そういう言い方で立てております。こういう解釈をし、こういう発表場所を想定すれば、二首共堂々と『万葉集』にも収められます。

私のこの取扱いはひじょうに大きいまちがいを犯しているかもわかりません。しかし、こうしないと小説には取り扱えません。どうもほかに取り扱いようがない。この小説は専門家の方も何人か読んで下さっていますが、なかなかおもしろい見方ですねと、いいとも悪いともおっしゃらない。（笑）

雑然としたお話をいたしました。静かに聞いていただいて有難うございました。

（一九七五年三月）

初出・底本一覧

歴史に学ぶ　「西日本新聞」その他一九七六年一月一日
歴史と小説　文化庁主催講演　一九六九年九月
歴史小説と史実　「図書」一九七五年七月一日
以上、『井上靖エッセイ全集』第五巻（学習研究社、一九八三年）

乱世のさまざまな武将　「潮」一九六八年二月号
歴史というもの　「調査情報」一五四号　一九七二年一月
新聞記者と作家　「サンデー毎日 臨時増刊 創刊50周年記念」一九七二年四月
以上、三篇単行本未収録。初出誌に拠る。

＊明らかな誤植、人名・地名などの事実関係の誤りは訂正し、文意の通じにくい箇所は句読点を加除するなど適宜調整した。各編末のほか本文中の〔　〕は編集部による注記である。

司馬遼太郎（しば・りょうたろう）

作家。1923（大正12）年大阪府生まれ。大阪外国語大学蒙古語学科を卒業。産経新聞文化部に勤めていた60年『梟の城』で直木賞受賞。66年に『竜馬がゆく』『国盗り物語』で菊池寛賞を受賞したのを始め、数々の賞を受賞。93年文化勲章を受章。1996（平成８）年死去。『司馬遼太郎全集』（全68巻）がある。

松本清張（まつもと・せいちょう）

作家。1909（明治42）年福岡県生まれ。51年《週刊朝日》主催の〈百万人の小説〉で「西郷札」が三等に入選。53年「或る『小倉日記』伝」で芥川賞を受賞。56年に作家専業となる。70年『昭和史発掘』で菊池寛賞、90年朝日賞を受賞。1992（平成４）年死去。『松本清張全集』（全66巻）がある。

本文中、今日の人権意識に照らして不適切な語句や表現が見られますが、著者が故人であること、発表当時の時代背景と作品の文化的価値に鑑みて、底本のままとしました。

井上 靖（いのうえ・やすし）

作家。1907（明治40）年北海道生まれ。静岡県に育つ。京都帝国大学哲学科を卒業後、毎日新聞社に入社。50年「闘牛」で芥川賞を受賞し、51年に退社、作家生活に入る。58年『天平の甍』で芸術選奨文部大臣賞、60年『敦煌』『楼蘭』で毎日芸術賞、64年『風濤』で読売文学賞、69年『おろしや国酔夢譚』、82年『本覚坊遺文』で日本文学大賞、89年『孔子』で野間文芸賞など、受賞作多数。76年文化勲章を受章。69年にはノーベル文学賞の候補となった。1991（平成3）年死去。『井上靖全集』（全28巻）がある。



歴史《れきし》というもの

二〇二一年一〇月一〇日　初版発行

著　者　井《いの》上《うえ》　靖《やすし》
発行者　松田陽三
発行所　中央公論新社
〒一〇〇-八一五二
東京都千代田区大手町一-七-一
電話　販売　〇三-五二九九-一七三〇
　　　編集　〇三-五二九九-一七四〇
URL https://www.chuko.co.jp/

DTP　市川真樹子
印　刷　大日本印刷
製　本　小泉製本




Published by CHUOKORON-SHINSHA, INC.
Printed in Japan　ISBN978-4-12-005467-9 C0095

# 中央公論新社の本

利休の死　戦国時代小説集　井上　靖　中公文庫

晩　夏　少年短篇集　井上　靖　中公文庫

古代史疑　増補新版　松本清張　中公文庫

ひとびとの跫音（上・下）　司馬遼太郎　中公文庫

読書について　小林秀雄　単行本

小林秀雄の眼　江藤　淳　単行本